CHARB

PEQUENO TRATADO DA INTOLERÂNCIA

CRÔNICAS E DESENHOS DO DIRETOR DO

CHARLIE HEBDO

Tradução:
Jorge Bastos

Planeta

Publicado originalmente na língua francesa
Título original: *Les fatwas de Charb: Petit traité d'intolérance*

PREPARAÇÃO: Leny Cordeiro
REVISÃO: Ingrid Tavares, Fernando Nuno e Silvana Salerno
DIAGRAMAÇÃO: Futura
CAPA: Rico Bacellar

CIP-BRASIL. CATALOGAÇÃO NA PUBLICAÇÃO
SINDICATO NACIONAL DOS EDITORES DE LIVROS, RJ

C433p Charb, (Stéphane Charbonnier), 1967-2015
Pequeno tratado da intolerância / Charb ; tradução Jorge Bastos. - 1. ed. - São Paulo : Planeta, 2015.
il.

Tradução de: Les fatwas de Charb
ISBN 978-85-422-0638-8

1. Crônica francesa. I. Título.

15-27337 CDD: 848
CDU: 821.133.1-94

2015
Todos os direitos desta edição reservados à
EDITORA PLANETA DO BRASIL LTDA.
Rua Padre João Manoel, 100 – 21º andar
Ed. Horsa II – Cerqueira César
01411-000 – São Paulo-SP
www.planetadelivros.com.br
atendimento@editoraplaneta.com.br

Nota da Editora

Este livro reúne os dois volumes de *Les Fatwas de Charb: Petit traité d'intolerânce*, publicados na França em 2009 e 2014 e aqui divididos em partes 1 e 2. Na versão original, apenas o primeiro volume incluía cartuns. O segundo volume foi originalmente editado sem imagens internas, mas a família de Charb cedeu especialmente para a edição brasileira ilustrações feitas pelo autor para alguns dos textos.

Sumário

Parte 1

Morte aos teóricos do riso! 11
Morte ao "bebe alguma coisa?"! 14
Morte aos sapatos que machucam o pé! 17
Morte aos que soltam balões de ar! 19
Morte aos uniformes dos guardas de trânsito! 22
Morte aos enroladores de baseado! 25
Morte às brigas entre especialistas! 28
Morte aos leitores de jornais gratuitos! 31
Morte aos pintores de kebab! 34
Morte aos reclames! 37
Morte aos trintões! 39
Morte aos mãos-fedidas! 41
Morte ao voto útil! 43
Morte aos meteorologistas do rádio! 45
Morte aos chinelos de dedo! 47
Morte aos decoradores de restaurantes! 50
Morte aos carecas de peruca! 53

Morte aos clientes de supermercados! 56
Morte aos festivais! 59
Morte aos jornalistas esportivos! 62
Morte aos colhões! 65
Morte aos bigodes do Bashar al-Assad! 67
Morte aos datados! 70
Morte aos pequenos acionistas! 72
Morte aos fetichistas nacionalistas! 75
Morte aos fabricantes de sapatos! 78
Morte ao passageiro furioso! 81
Morte aos indecisos! 84
Morte aos óculos descolados! 86
Morte aos *slammers*! 89
Morte a todos que dizem *bobo*! 92
Morte aos tatuados! 95
Morte aos torcedores de rugby! 97
Morte ao púbis "à francesa"! 99
Morte aos desenhos infantis no escritório! 101
Morte às taças mal lavadas! 103
Morte ao azul-lavanda! 105
Morte aos fumantes! 108
Morte aos vendedores de roupas! 111
Morte aos desinfetantes! 113
Morte à classe executiva! 115
Morte aos inventores de celulares! 118
Morte aos etiquetadores de maçãs! 120
Morte a todos os que voltam da Índia! 123
Morte aos designers! 126
Morte aos folhetos dos hipermercados! 128
Morte às lâmpadas frias! 131
Morte aos banheiros dos trens! 133

Morte aos que dizem "deixa comigo que eu resolvo"! 135
Morte aos farmacêuticos de jaleco! 138
Morte aos sonoplastas de documentários! 141
Morte aos mal barbeados! 144
Morte aos garçons machistas! 147
Morte aos jovens papais! 149
Morte aos croissants amanteigados! 152
Morte às placas escritas em primeira pessoa! 154
Morte aos trapinhos de estimação! 156
Morte aos unhas de fome do amor! 159
Morte aos que têm medo da morte! 161

Parte 2

Morte aos sopradores de folhas secas! 165
Morte à mozarela! 168
Morte às *verrines*! 170
Morte ao mês de janeiro! 172
Morte aos multiplex! 174
Morte a Vuitton! 176
Morte aos pais de alunos! 178
Morte às pessoas que esperam suas bagagens no aeroporto! 180
Morte aos shows! 182
Morte às "maçãs no ar"! 184
Morte às malas com rodinhas! 186
Morte aos vidros fumês! 188
Morte ao 3D! 190
Morte aos termômetros! 192
Morte às trufas! 195
Morte a Marrakesh! 197

Morte aos trens que chegam no horário! 200
Morte aos *gourmets* étnicos! 203
Morte aos escroques do politicamente incorreto! 206
Morte às salas de teatro "bonitinhas"! 209
Morte aos trotes que acabam mal! 212
Morte ao "não cedemos nada"! 215
Morte aos surfistas! 218
Morte aos donos de bistrôs aquafóbicos! 221
Morte ao "bebê a bordo"! 224
Morte a Georges Brassens! 227
Morte ao filme *Testamento de um gângster*! 230
Morte aos mamilos embaçados! 233
Morte ao champanhe obrigatório! 236
Morte aos que estigmatizam o *binge drinking*! 239
Morte ao dia de hoje! 242
Morte aos casais com filhos! 245
Morte aos devotos sem fé! 248
Morte aos gorros do Papai Noel! 251
Morte à emoção das famílias de reféns! 254
Morte às locutoras de futebol! 257
Morte ao DNA! 259
Morte aos instrutores da camisinha! 262
Morte aos sorrisos no metrô! 264
Morte aos ditados! 266
Morte às agendas publicitárias! 268
Morte aos juízes de futebol! 270
Morte ao medo islamita! 272
Morte ao verbo "impactar"! 275
Morte à bola de sorvete de baunilha! 278
Morte aos falsos anarquistas! 280
Morte aos coletes "bem-vindo"! 284

Parte 1

Morte aos teóricos do riso!

São muitos os filósofos de botequim e pensadores de fim de festa que de repente, no meio de uma conversa, soltam coisas do tipo: “Pode-se rir de tudo”. Infelizmente, na maior parte das vezes, essa frase perfeitamente imbecil não termina nisso, com um ponto, mas continua, com uma vírgula: “Pode-se rir de tudo, mas...”. Um dono da verdade cheio de autossuficiência que nos autorize a rir de tudo já é insuportável. Não preciso da sua bênção para rir daquilo que me dá vontade de rir, mas também não tenho necessariamente vontade de rir de tudo. Gosto de rir do que quero, quando quero. Não somente você me concede uma liberdade que posso ter sozinho, mas, ainda por cima, coloca restrições. Nove em cada dez vezes o imbecil termina a frase com "não com qualquer um". O autor dessa censura acha que demonstra um humor do outro mundo citando a frase que se atribui a Desproges: "Pode-se rir de tudo, mas não com qualquer um". O humorista Desproges tem o mesmo problema que o humorista Jesus: está morto. Quando estavam vivos, esses dois brincalhões divertiam salas inteiras. Desde que morreram, um bando de pobres coitados repete sem parar passagens de seus esquetes como se fossem mandamentos divinos. É claro, quem "ri de tudo, mas" ri de tudo, menos das pessoas que têm uma verruga no nariz. É mesmo uma cretinice se rebaixar a esse tipo de… de… baixaria! Numa simples olhadela você vai notar que esse seu Descartes do humor tem, na verdade, uma tremenda bolota no nariz. Se não for o caso, pesquise: a mulher, o filho, a mãe, ou o cachorro, alguém tem uma verruga no focinho. Esse mesmo interlocutor terá idêntica reação se você rir do seu cachorro, que tem câncer, é mongoloide ou socialista. O riso é como a pornografia, tem sempre um autoproclamado padre tentando impor seus próprios limites. O amor na ponta do pipi tudo bem, mas não no bumbum.

Você há de concordar, é preciso deixar cair uma bigorna no pé desses teóricos do riso, mas sempre mantendo a seriedade. *Amém.*

Morte ao "bebe alguma coisa?"!

Só ESSA PERGUNTINHA OBRIGATÓRIA feita por quem nos recebe em casa já é insuportável: "Bebe alguma coisa?". Você acabou de chegar, nem tirou o casaco, e o dono da casa pergunta se quer beber alguma coisa. "Um cafezinho, um refrigerante, uma cerveja, um copo d'água? Nada, tem certeza? Tem mesmo certeza?" Você começa a achar que o estão tomando por outra pessoa. Que você é um grande explorador e acaba de atravessar a pé, sem uma gota de chuva, o deserto de Gobi. Mas não, você só andou três quarteirões, bebe conscienciosamente seus dois litros de água mineral por dia e, nesta tarde mesmo, tomou uma tacinha de vinho. De uns tempos para cá, essa mania de querer embebedar o visitante se estende também ao cliente. Não somente seu velho amigo, seu vizinho, sua avó, seu colega de trabalho fazem essa embriagante pergunta, mas também o dono da loja à qual você não foi para beber, e sim para comprar um par de óculos, um móvel ou um carro... Até o cabeleireiro pergunta se você quer beber alguma coisa. Me deixa, que saco! Se eu tiver sede, aviso, merda! Ainda mais que nove em cada dez vezes é café o que o imbecil propõe. Um café que nove em cada dez vezes está horrível! Enfia no rabo essa sua água suja! Essa cerimoniazinha hipócrita de boas-vindas me dá vontade de encher a minha cara só para esquecer a sua! Então, quando o vendedor da ótica amavelmente lhe oferecer um café em vez de ir buscar o modelo de óculos que você escolheu, peça um dry martini bem gelado. Um risinho sem graça, cheio de uma falsa cumplicidade, vai sacudir a cara sonsa dele. No salão de cabeleireiro, a mesma coisa: exija uma taça de champanhe e, quando a boca cheia de colágeno da dona do estabelecimento se contrair querendo dizer que sente muito, faça-a notar que, com os preços cobrados ali, ela poderia muito bem fazer pipocar uma rolha.

Você há de concordar, é preciso mijar na boca desses papagaios que a toda hora nos propõem que bebamos alguma coisa. *Amém*.

Morte aos sapatos que machucam o pé!

Ela está andando na sua frente, e estranhamente seu olhar não está no traseiro dela, o que, vindo de um macho heterossexual ocidental condicionado pela publicidade, é bem surpreendente. Não, você olha os sapatos dela. Sapatos bonitos e tão finos, tão delicados, feitos, é claro, para convencer, primeiro a quem os calça e depois a quem os olha, de que sua proprietária é elegante. Você repara então no esforço feito pela mulher que anda à sua frente para despertar boa impressão nos outros. Mas os tais sapatos, certamente lindos na vitrine da sapataria, não mexem com você. Pior, chegam a dar enjoo. Na verdade, um band-aid já imundo de poeira das ruas transparece em cada pé. Aquelas gracinhas deixaram os calcanhares da moça em carne viva. Ela paga os pecados naqueles sapatos novos demais, pequenos demais ou baratos demais, mas foi porque deu ouvidos à mãe, que lhe disse um dia: "É preciso sofrer para ficar bonita". Então ela aceita a dor a cada passo. O que a faz aguentar é o fato de se achar elegante naqueles instrumentos de tortura. Não dá certo. Ela está feia. Quem sofre é sempre feio, e os horríveis curativos dependurados ali na traseira dos pés não param de lembrar isso. Se calçasse botinas de soldado, mas que fossem confortáveis, estaria dez vezes menos horrível. Quantas delas não se automutilam assim, na frente de todo mundo? Que falta de pudor! Que falta de classe! Escrava voluntária de códigos de vestuário grotescos, a mulher perde toda a dignidade e se enfeia. No esforço de virar borboleta, a lagarta se transforma em verme.

Você há de concordar, é preciso que se dê uma lição nessas malucas, pregando seus pés em tamancos do Dr. Scholl. *Amém.*

Morte aos que soltam balões de ar!

Os OLHINHOS REMELENTOS SE voltam para o céu. Indiferente ao sol que queima suas retinas, a multidão espera o grande acontecimento do fim de semana. Sorrisos abestalhados deformam suas bocas abertas, e todos pisoteiam o chão. Estão reunidos na grande praça para celebrar o aniversário do fim de uma guerra, ou o início da primavera, ou a entrada na União Europeia de algum daqueles países de nazistas bebedores de cerveja, ou ainda as crianças vítimas de pedofilia, ou então a paz no mundo. O momento principal do dia chegou: a hora de soltar balões. O céu parece estar com coqueluche. Milhares de bolas cheias de gás hélio voam sob aplausos do rebanho. Em menos de um minuto, porém, o vento levou os balões para fora do alcance dos olhos ardentes dos espectadores, que já começam a se reunir em torno dos quiosques para saborear uma cerveja morna. Ou duas. É que a renda da venda vai para uma boa causa. É uma boa gente. Enquanto isso, milhares de balões de ar estão por aí. Seguem à vontade, carregando seus traseirinhos fechados com um nó. Vão cair em montanhas com neve, se arrebentar na copa de árvores centenárias, contaminar alguma ilha paradisíaca, corromper um deserto imaculado, sufocar animais marinhos etc. Nenhum daqueles tristes desocupados que assistiram ao lançamento da imensa nuvem de poluição se deu conta de estar contribuindo para a transformação do planeta numa pocilga. Milhares de quilômetros quadrados tomados por camisinhas multicoloridas estouradas, e tudo isso para o lamentável orgasmo de um bando de imbecis. Inventaram que os balões espalham pelo mundo um símbolo de paz, de amor ou de compaixão, enfim, um desses símbolos estúpidos e sem sentido que alimentam multidões satisfeitas. E no final das contas só espalham feiura e morte.

Você há de concordar, é preciso encher de hélio as tripas desses porcalhões até que eles explodam. *Amém.*

Morte aos uniformes dos guardas de trânsito!

Quem criou os uniformes dos guardas de trânsito que circulam em Paris? Para quem nunca viu os sacos de batata que cobrem esses espantalhos encarregados de mandar passar os carros quando o sinal está verde e parar quando está vermelho, imagine o uniforme da nossa polícia nacional. Um uniforme, seja ele dos xerifes do mundo, das balizas de banda de música ou dos cantores de rap, nunca chega a ser grande coisa. O da polícia nacional, além de feio, não é prático.

Ainda por cima, a maioria dos homens da lei uniformizados dispõe de um traje que lhe cai bem. Quer dizer, as dragonas ficam nos ombros e as mangas vão até os punhos. O figurino do guarda de trânsito parisiense é uma paródia daquele que veste o policial. As dragonas caem pelos cotovelos e as mangas podem servir de luvas. As calças num tergal horrível ficam presas à cintura por um cinto ordinário enfeitado com um cassetete inútil de plástico liso e um não menos inútil par de algemas, que parece mais um artefato de sex-shop que uma ferramenta de trabalho. As calças com esses contrapesos prendem ainda uma camisa amarrotada. Toda essa parafernália dos guardas de trânsito tem uma função: fazer os cidadãos acreditarem que eles têm uma autoridade que não têm. São uniformes que só impressionam as mães daqueles que os vestem, em sua maioria negros pobres, não grandões o suficiente para serem seguranças da FNAC. Abandonados em cruzamentos fedidos, não inspiram o menor respeito dos mais abusados, que passam raspando por suas bundas e ainda os xingam. A barulheira do trânsito encobre os pequenos gritos de agonia que escapam de vez em quando de seus apitos de brinquedo. Vestir esses pobres rapazes como espantalhos mostra todo o desprezo das autoridades por esse imbecil e penoso trabalho, assim como por quem o faz. Você quer "se integrar", sair do seu conjunto habitacional de periferia sem futuro, então fique feliz porque o deixam se fantasiar de subpolicial e sacudir os braços nos bulevares da Cidade Luz.

Você há de concordar, é preciso esfolar vivo o responsável pela compra desses uniformes e fazer com sua pele uma jaqueta decente. *Amém.*

Morte aos enroladores de baseado!

Passa da meia-noite, está na hora. O vagão do metrô quase deserto. Ele tenta passar despercebido, o que é a melhor maneira de chamar a atenção. Está encolhido sobre os joelhos e suas mandíbulas se agitam. A cada cinco segundos, dá um tempo. A cabecinha inquieta agora se endireita, assustada. Uma pausa à direita, uma pausa à esquerda. Suas antenas não detectaram predadores, as mandíbulas retomam a atividade. Trata-se de um enrolador de baseado. Há dois tipos de apertadores de baseado: o que fuma para esquecer que existe e o que fuma para existir. Estamos na presença de um espécime da segunda categoria. Não vamos entrar num debate sobre a legalização da *cannabis*, concordo que é uma babaquice fazer do maconheiro um criminoso. Um pobre garoto que não faz mal a ninguém. Ao acender o baseado, o máximo que acontece é ele fazer tossir a velhinha asmática no banco ao lado. Mas, bom, isso não vale os problemas que vão soterrá-lo quando os braços enormes dos seguranças do metrô o agarrarem na estação seguinte. Acender um baseado no metrô é um esporte de alto risco. E o doidão de pijama Sergio Tacchini e boné Lacoste sabe disso. Então por que correr esse risco maluco de ganhar uma tapona e acabar a noite na delegacia? É militante da "causa" maconheira? Não, é só um incapaz bancando o rebelde. E as porradas que vai levar na cara serão a prova de que é realmente rebelde. A velha no banco ao lado faz tudo para fingir que não vê, e isso o chateia. Seria melhor se resmungasse, reclamasse, mas ela provavelmente tem medo. Pelo menos isso, o medo da velha já é uma forma de reconhecimento. Mas os guardas que vão quebrar seus dentes são os verdadeiros aliados.

Graças a eles, ele poderá se achar por alguns segundos um verdadeiro Scarface.

Você há de concordar, para ajudar esse tipo de virgem do pensamento a existir, é preciso fazê-lo fumar uma banana de dinamite no saguão da Federação das Empresas Francesas. *Amém.*

Morte às brigas entre especialistas!

Você está jantando com amigos. O ambiente é bom, o vinho corre solto e as conversas andam na linha. Fala-se de tudo. Das histórias escabrosas de fulano à promoção escandalosa de sicrano, passando pelos peitos de silicone da beltrana – "É verdade, ela agora usa um sutiã G! Assim fico confuso!". Enfim, já deu para sacar o estilo. Tem até um cara num canto que tenta levar o debate para a futura

Constituição europeia, mas os outros conseguem rapidamente calar o triste companheiro. Ele ganha um brinde, uns tapinhas nas costas, umas gargalhadas, enfiam-lhe goela abaixo um pãozinho com *foie gras*, e a mesa inteira ri. Mas ele volta às suas teorias sobre o próximo referendo enquanto esvazia o copo e mastiga o pão. Entre duas explosões de riso, porém, são de novo lembrados os mamilos da beltrana. "Tamanho G, eu juro!" Era bom demais para durar. Já estávamos chegando aos peitos da Samantha Fox – "Vocês lembram?" – e alguém da mesa aproveita para levar a conversa para a área musical… e caga tudo. As coisas até que começam educadamente. Dois idiotas discutem sobre os respectivos méritos do rap e do punk. Pouco a pouco o restante da mesa entra na discussão, que está prestes a se generalizar. Cada um tem um gênero musical preferido e ridiculariza o dos outros. E, quando dois engraçadinhos concordam que o pop é legal, eles se retalham com a faca de queijo porque um é fã de Franz Ferdinand, e o outro, do Muse. Pouparei o leitor dos nomes dos grupos mais obscuros e dos detalhes palpitantes sobre a forma como eles tocam o baixo. Se você não considera música uma religião, é melhor não tomar partido numa discussão que determina se devemos nos ajoelhar ao deus do *groove* ou ao profeta do funk. Você fica entediado, a noite está arruinada. Sua última tentativa de desanuviar o ambiente é dizer que Joe Dassin é o melhor. Um fiasco. Você passa por um grande idiota brega, é deixado de lado de uma vez, as pessoas nem se dão ao trabalho de ficar irritadas com isso.

Você há de concordar, para libertar o mundo desses tietes invertebrados, é preciso perfurar seus tímpanos com uma agulha de tricô. *Amém.*

Morte aos leitores de jornais gratuitos!

ELES SE JOGAM EM CIMA e o arrancam das mãos do pobre coitado com blusão de propaganda que o distribui na entrada do metrô. Como pombos em volta de uma merda suculenta de cachorro. Todos querem um exemplar de jornal gratuito atrás do qual possam esconder a carranca mal-humorada no trajeto até o trabalho. Há linhas de metrô em que se distribui o *20 Minutes* e, em outras, o

Metro. A informação é bem-vinda, mas como é que 99% dos leitores dos gratuitos não liam jornal antes? As notícias, a atualidade, o que anda dizendo a imprensa, eles não estavam nem aí para isso – e continuam. Não leem os gratuitos para se informar, ou mesmo para ter a ilusão de se informar, leem porque... é grátis. Há quem pegue dois, três, de uma vez. Pode servir para forrar a caminha do gato, para embalar cascas de legumes, mas o principal é que é grátis! Nada de desperdício! Seria burrice não aproveitar o que é de graça, mesmo sem precisar. Se distribuíssem pés na bunda na entrada do metrô, haveria quem ainda pedisse mais, desde que fosse garantidamente gratuito. Vermes, palhaços tristes e tacanhos, bandidos fracassados que tiram a forra com tudo o que é gratuito. E o que dizer dos bundas-moles que mergulham na leitura do jornal gratuito esportivo (esqueci o nome)! E aquela velhinha ali, acha que se interessa pelas performances desse ou daquele sub-Zidane? Não, não está nem aí para futebol, para o Tour de France e tudo mais. Isso tudo até irrita a vovozinha, já que o cretino do seu marido monopoliza a tevê nas noites de jogo. Mas agora a velhota está adorando, ela ganhou um jornal gratuuuuito! Essa mesma velhinha pode ser vista – junto dos companheiros de metrô – no bufê das festas municipais, enchendo a pança e sendo feliz como pinto no lixo.

Você há de concordar, é preciso armar uma grande fogueira de jornais gratuitos na entrada do metrô e assar seus leitores. *Amém*.

Morte aos pintores de kebab!

COMO TUDO NA VIDA, há os bons e os maus kebabs. Às vezes as tirinhas de carne estão secas demais, às vezes nojentas de tanta gordura, mas às vezes estão exatamente como deveriam estar. É igual ao que acontece com as batatas fritas. As biroscas de curdos que vendem esses sanduíches gregos ou turcos geralmente não têm boa aparência. Se julgarmos a qualidade da comida pelo que se vê de fora, só vamos comer no McDonald's. É preciso entrar e provar.

O problema é que uma forte sensação de nojo impede toda pessoa de bom gosto de colocar os pés numa casa de kebab. Só o letreiro, já repararam no letreiro? Uma espécie de trapézio pintado com toques de vermelho, amarelo, às vezes um marrom, está ali representando a carne que cozinha no espeto. Imagino que haja um fornecedor vendendo esse tipo de letreiro, imagino que haja quem os pinte. Imagino que um dono de birosca sem dinheiro acabe, ele mesmo, pintando. É bem verdade que um lombo de boi ou de carneiro assando não é a coisa mais fácil de se pintar, mas, enfim, o vendedor de kebab poderia chamar um artista de verdade para rabiscar o tal letreiro, ou achar outro elemento para simbolizar seu negócio. Uma batata frita – é fácil desenhar uma batata frita. Mas não, parece que existe uma máfia dos letreiros de kebab impondo esse estilo infame. O que a gente imagina quando vê essa enorme mancha sanguinolenta no final da rua? Uma ferida que se atola num pus amarelado? Um aborto involuntário? Um vômito de alcoólatra? O toco de mão de um leproso? O rabo do Sarkozy ralado pela língua do apresentador de tevê Michel Drucker? Quem de espírito saudável associaria essa imagem ignóbil a algo que abra o apetite? Se for para estragar as perspectivas de nossas belas ruas francesas com seus letreiros luminosos horríveis, é melhor que os curdos continuem a explodir nos campos minados da Turquia.

Você há de concordar, é preciso cortar as mãos desses pintores obscenos que cometem tais atrocidades, assá-las num espeto e servir com batatas fritas entre duas fatias de pão. *Amém.*

Morte aos reclames!

Os ANIMADORES DE TEVÊ são uns putos, todos concordam. Mas também cafetões. Vendem seus traseiros e também os de seus convidados aos anunciantes que financiam os programas. Alguns parecem se envergonhar um pouco. Aparentemente nada os distingue dos colegas: a mesma presunção, a mesma grosseira ignorância, o mesmo sorriso falso. No entanto, se prestarmos atenção, é fácil identificar. Os safados não dizem: "Voltamos depois das propagandas". Dizem: "Voltamos depois dos reclames". Por que a palavra "reclame" em vez de "propaganda"? Reclame é só um termo meio fora de uso, antiguinho, meio brega até, para dizer propaganda. Justamente. Os anúncios publicitários dos anos 1950 ou 1960 pareciam tão ingênuos, tão sem sutileza, inábeis! Pareciam ineficazes e, com isso, inofensivos. Era uma fala tão fácil de se desmontar! Então nos perguntamos, ao assisti-los, como o telespectador da época podia ser vulnerável a argumentos tão bobos. Ao utilizar a palavra "reclame", o animador tenta fazer o telespectador acreditar que ele próprio debocha dos anúncios que a sua rede de tevê veicula. Diz "reclames" como se dissesse aos bobões afundados no sofá da sala: "E aí, gente, também acho que os anúncios são feitos para nos tapear, mas não se enganem, hein, não caiam nessa que os anunciantes nos tentam empurrar! Bem sabem que a propaganda toma vocês por idiotas, como os reclames tomavam por idiotas os seus pais". Ao passar essa mensagem, o animador tenta uma cumplicidade com o telespectador. E, já que se trata de um reclame, o telespectador baixa a guarda. Uma interrupção para a propaganda o irritaria, mas para o reclame...! E ele engole o reclame com um sorrisinho nostálgico.

Você há de concordar, é preciso enforcar num projetor de teto do seu programa de merda o hipócrita que emprega a palavra "reclame" em vez de "propaganda". *Amém.*

Morte aos trintões!

O TRINTÃO NÃO RESPEITA a si mesmo, por que deveríamos então respeitá-lo? O trintão adora cafungar as cuecas sujas antigas que guardou por terem o cheirinho da juventude. O trintão é louco por tudo que lembre a época em que parecia uma lagarta andando entre as pernas ainda não cheia de varizes da mãe. A nostalgia era coisa de velhos caducos e o trintão a colocou de novo na moda. Ele não só evoca o passado com os olhos rasos d'água, mas faz tudo para revivê-lo. Ou, em todo caso, reinterpretá-lo. Devora balas Haribo, compra DVDs infantis dos *Barbapapa*, canta nos créditos finais dos desenhos japoneses *Goldorak*, *Albator* e

Candy, se masturba pensando na apresentadora do infantil *Club Dorothée* e goza pensando na cantora Chantal Goya. N*ão diz France 2, mas Antenne 2*; recita de cor comerciais antigos, vai às festas nostálgicas Gloubiboulga Nights... Tem uns que querem tanto reviver a infância que pedem aos pais ainda em forma que os enrabem como quando mamãe saía para fazer compras no supermercado. "Não, papai, não põe esse gel que me dá alergia, usa essa boa e velha vaselina que achei na sua caixa de ferramentas." Nem pensar em debochar desses idiotas egocêntricos que comem meleca balançando a cabeça para acompanhar os créditos finais do infantil *Croque-Vacances* – a fantasia deles é abrir um comércio. Não se deve ridicularizar o que se vende bem e, neste sentido, a "trintanostalgia" é um *ótimo* produto. A regressão está na moda, mas cuidado, só para os trintões! Que não venha a vovó contar seus anos 1930: ela passará por uma velhota senil. E vai acabar no setor dos ruins da cabeça no asilo, enquanto seu bisneto repete ladainhas num programa de tevê.

Você há de concordar, o trintão é um monstro de dar dó e deve ser deportado para morrer de fome na *Île aux enfants*. *Amém*.

Morte aos mãos-fedidas!

MUITAS PESSOAS TÊM PÉS que fedem. Devemos culpá-las? Acho que não. Algumas nada podem diante desse triste fato. Por mais que os ensaboem, nada resolve: quinze segundos depois de calçarem os sapatos, lá vem o fedor de novo. Seria injusto pedir a morte de quem tem esse problema. Deixemos então os pés-fedidos e nos interessemos por seus primos distantes, os mãos-fedidas. Isso mesmo! Ao seu redor existem pessoas com mãos tão fedorentas que dariam enjoo a um chacal. É sobre quem deve se abater a ira do Altíssimo. De manhã, no trabalho, depois do cumprimento de alguns colegas, você não é obrigado a ir ao banheiro para se livrar da fedentina com que impregnaram sua mão direita? Há porcalhões que passam alguma loção pós-barba vagabunda ou mesmo uma espécie de colônia de quinta categoria nas suas bochechinhas sujas e não acham necessário lavar as mãos depois. A manhã inteira eles vão empestear tudo o que tocarem com cheiro de gôndola de produto de limpeza do supermercado popular. Há duas boas razões para odiar esses poluidores: por um lado, eles dão uma prova cabal de óbvia falta de respeito ao repassar seu cheiro como se fosse uma hiena no cio em cima de um pedaço de pau podre; por outro, demonstram um gosto intolerável ao lambuzar a pele com um produto que você não usaria nem sequer para desinfetar um necrotério. A versão feminina desse gênero de porcalhão existe, e se você a beijar no rosto vai ter que se lavar em seguida. É um perfume de puta de periferia que não só dá náuseas, como também vai fazer sua legítima esposa achar que você deu uma pulada de cerca. Não sejamos sexistas, essas despudoradas não valem mais que seus colegas homens.

Você há de concordar, é preciso embeber de querosene essas pessoas insuportáveis e depois lhes tacar fogo. *Amém.*

Morte ao voto útil!

Os PERÍODOS DE ELEIÇÕES são particularmente propícios à caça aos idiotas. Não que o número deles aumente nessas épocas, eles simplesmente saem mais da toca. Basta conversar um pouco, e não vão conseguir deixar de dizer algo que os denuncie. Por exemplo: “É preciso optar pelo voto útil”. Ou: “Desta vez vou votar útil”. Não resta dúvida: você tem pela frente um grandessíssimo idiota. Será que o indivíduo não percebe a imbecilidade do que acaba de dizer? É pouco provável, devido à sua condição de idiota. O conceito de “voto útil” é totalmente antidemocrático e, em geral, o idiota é democrata. É o que os pesquisadores de idiotices chamam de "paradoxo do idiota". Quando se supõe que existe um voto útil, se supõe, ao mesmo tempo, que existem votos inúteis. O idiota, então, está cagando para o pluralismo democrático, mesmo que se diga um grande democrata. O idiota que vota útil deseja que todos da sua família política votem pelo futuro vencedor. Na verdade, o idiota sabe antes de todo mundo quem será eleito, sendo então inútil votar pelos outros, os perdedores. O idiota é uma espécie de eugenista que gostaria de ver pessoas diferentes desaparecerem. Pessoas diferentes, quer dizer, a seu ver, pessoas inúteis à construção da sociedade com a qual ele sonha. Resumindo, o voto útil é uma fórmula nazista, totalitária, perigosa. Se nem todas as expressões democráticas são úteis em democracia, por que não suprimir algumas? Ao ficar repetindo que é preciso votar útil, o idiota está condenando a democracia à podridão. Quantos jovens e inexperientes eleitores não se deixaram enganar por essa espécie de slogan aparentemente sensato: "É preciso optar pelo voto útil"? Quantos cidadãos não votaram contra as próprias ideias, condicionados pela propaganda dos idiotas?

Você há de concordar, é preciso trancafiar o idiota que vota útil numa urna eleitoral e lançá-la de paraquedas num gulag norte-coreano. *Amém.*

Morte aos meteorologistas do rádio!

A RUBRICA "METEOROLOGIA" é, de longe, a mais idiota de todas as rubricas das comunicações. E não importa em que mídia. Mas, se há um lugar onde as previsões meteorológicas estão mais para gag do que informação, é no rádio. Em apenas 15 segundos, o responsável pelos anticiclones deve dar ao ouvinte uma ideia do tempo que fará na sua cidade nas horas que seguem. Milagre! Não interessa o lugar da França onde você se encontra, ele ficará de fora. Se você está na Bretanha, pode apostar que vai ser informado do tempo em todos os lugares, menos na Bretanha. O mesmo vale para quem estiver na Alsácia, em Auvergne ou na Córsega. Se por alguma infelicidade você estiver na Picardia, vai ter de meter o nariz pela janela para saber se neva. O homem do tempo que pronuncia a palavra Picardia deve ter que pagar uma multa. Por que ter uma rubrica "meteorologia" se ela não informa coisa alguma, apenas aponta a capacidade que certos jornalistas têm de falar sem dizer nada? No fim das contas, talvez devêssemos ver a sequência meteorológica como uma pausa, um respiro entre dois programas. O homem do tempo é na verdade algum poeta adepto do surrealismo que nos brinda com obras de sua criação... Talvez, mas essa mesma poesia duas vezes por hora é algo que faria qualquer André Breton se juntar aos extremistas de direita da Frente Nacional! Outra hipótese é que o poeta da meteorologia seja alguém que tenha sofrido um traumatismo craniano e esteja em período de readaptação. O que ele diz não tem pé nem cabeça, mas é importante que se expresse. Com esse tratamento, em menos de vinte ou trinta anos ele poderá retomar a vida normal. Seja como for, normal o bastante para se tornar jornalista esportivo. Ou, então, trata-se apenas de um grande idiota que fica feliz da vida só de fazer vento com a boca, pois isso dá mais dinheiro e cansa menos do que desenvolver uma ideia que se sustente minimamente.

Você há de concordar, é preciso enfiar esses homens do tempo num congelador de 60 litros até que eles informem que a temperatura estará boa na região de Brest. *Amém.*

Morte aos chinelos de dedo!

Para você é provavelmente mais fácil usar chinelos de dedo na praia de Argèles-sur-Mer do que caminhar num terreno minado no Afeganistão. No entanto, nos dois casos, corre o risco de perder os pés. Nem estou falando dos malucos que andam de chinelos no Afeganistão. Esses, pelo menos, podem ter certeza de ganhar um desconto no voo de volta como homem-tronco. Um par de havaianas não custa nada e garante ao usuário um ar de quem não faz porra nenhuma. Então, depois de todo um ano com os pés fechados num par de tênis que mais parece uma panela a vapor do que um sapato, você desliza seus pés amolengados nos chinelos. Que sensação de liberdade, de leveza, de sensualidade! E o dia inteiro você vai andar no calçadão em frente ao mar, arrastando os chinelos atrás de uma boa gonorreia para pegar. Antes da gonorreia, o que você vai conseguir rapidinho são bolhas entre os dedos do pé que prendem os chinelos. É claro, aquela fricção incomoda, dói, mas vai querer o quê? Não vai agora trocar seus chinelos torturantes por umas alpargatas cafonas. Então você aguenta firme, as bolhas estouram, fedem, ficam cheias de pus, mas você não passa mercurocromo nem coloca um band-aid, pois isso o fará parecer um bobão. A areia cola nas feridas, que logo ganham uma cor bizarra, o sal marinho atravessa a pele e impede a cicatrização. Os dedões ficam roxos, e os pés, inchados da inflamação, se enchem de veias azuladas. O seu andar parece o de um aposentado, uma careta a cada passo. Você exala um fedor de cadáver, vai ser preciso amputar, mas paquerar em cadeira de rodas não dá, nem pensar. Então você segue em frente, bem ou mal, se apoiando nos seus dois pedaços de carne em decomposição. Pela manhã vão encontrá-lo morto. A gangrena terá acabado com tudo. Os garis que limpam a praia vão discretamente jogá-lo numa fossa comum já aberta para os seus semelhantes. A cada ano, centenas de pessoas jamais voltam das férias. E pensar que tinham planejado refazer suas vidas ao sol.

Você há de concordar, é preciso juntar numa gigantesca fogueira todos os chinelos de dedo do país. E não se deve esquecer de atirar nesse braseiro os comerciantes que vendem essas máquinas da morte. *Amém*.

Morte aos decoradores de restaurantes!

Os preços no cardápio não mudam nada, a qualidade dos pratos menos ainda. Tanto a birosca infame quanto o McDonald's padronizado, o bistrô da moda ou o restaurante mais refinado, todos têm um impressionante ponto em comum: a decoração de mau gosto. Quantas vezes você já não teve de mergulhar o nariz no seu prato para escapar das coisas sórdidas que cobrem as paredes? Coisas estas que, como você sem dúvida notará ao se aproximar, não raro estão à venda. Sim, o número com três zeros estampado numa pequena etiqueta embaixo e à direita é o preço do quadro em euros. É que o dono do restaurante, que se acha um artista nos molhos, também se enche de orgulho por ser amigo de pintores de domingo, malucos do pincel, fracassados do carvão... O que leva os especialistas da mesa a abrirem mão do bom gosto é um mistério, mas os fatos não mentem: os donos de restaurantes sofrem de miopia. Devemos igualmente mencionar as decorações temáticas? Num restaurante italiano, podem-se encontrar máscaras venezianas, além dos quadros. Num restaurante regional, tamancos de madeira, um garfo de feno ou uma foice; num restaurante espanhol, bandarilhas e castanholas; num restaurante mexicano, sombreiros e ponchos etc. E os abajures empoeirados em cima das mesinhas! E as plantas horríveis em vasos que nem a sua mãe aceitaria se você levasse num aniversário! E o cartão desenhado sabe-se lá com o quê por algum cego psicótico e que vem junto com a conta para que você se lembre de evitar a todo custo voltar a esse local! Os donos de restaurantes mais competentes tomarão o cuidado de ter uma cara que combine com a decoração. Se a profissão não fosse conhecida por abrigar uma grande proporção de ladrões, imbecis e eleitores da Frente Nacional, teríamos quase pena desses vermes.

Você há de concordar, é preciso pregar as cabeças desses propagandistas da feiura nas paredes de seus próprios estabelecimentos para alegrar um pouco o ambiente. *Amém.*

Morte aos carecas de peruca!

Em vez de brigar com a natureza que fez você feio desse jeito, pense um pouco. A natureza nada produz de bonito, nada produz de feio; boa menina que é, a natureza apenas produz. O homem é quem decide, a partir de critérios que podem variar conforme o humor e as épocas, o que é bonito ou é feio ao seu redor. Se é a natureza que faz cair nossos cabelos (exceto para quem faz um tratamento de quimioterapia), é a sociedade que nos acusa de sermos carecas. A vergonha demonstrada por certos carecas por não terem mais grande coisa na cabeça vem do fato de que o mundo onde vivem decidiu: quem perde cabelo é velho, brega e feio. Os próprios carecas, por se envergonharem da calvície, contribuem para reforçar esses preconceitos da sociedade. O careca envergonhado é cúmplice de sua infelicidade e sofre. A tal ponto que, em alguns casos, resolve comprar uma peruca. E aí é um drama. Enquanto até então a calvície nem chamava a atenção (quando vê um careca na rua, você não diz "olha, um careca"), todo mundo passa a se virar para olhar discretamente o estranho topete. O amontoado de pelos espetados no alto do coco, em vez de disfarçar o que o infeliz acha ser um defeito, revela ao mundo todo o seu complexo. Um careca de peruca fica ainda mais careca. O disfarce faz do careca um careca ao quadrado. Essa montagem de pelos falsos bem penteados, sem volume, que desce pela nuca, é um acessório de palhaço. E o que faz o ser humano bem amestrado quando vê um palhaço? Ele debocha. Um cara que andasse por aí com um cartaz "sou careca" não seria tão visível quanto um careca de peruca. Não se pode ler o pensamento de um careca, mas pode-se ler o de um careca de peruca. Leem-se suas angústias, suas fraquezas, suas frustrações, sua vergonha injustificada e seu desespero prolongado. O careca de peruca não tem nenhum pudor. É repugnante.

Você há de concordar, é preciso escalpelar o careca de peruca até o osso e fazer um rabo de cavalo com os pelos do seu cu. *Amém.*

Morte aos clientes de supermercados!

Os SUPERMERCADOS SÃO frequentados por dois tipos de doentes mentais. Você só se dá conta disso quando chega ao caixa. Há os frenéticos, que não esperam as compras do cliente anterior serem liberadas para colocar as suas na pequena esteira rolante. Empurram tudo o que está atrapalhando o caminho até o caixa para fazer um montinho e, assim, abrir espaço suficiente e enfileirar suas próprias compras. É como se a esteirinha rolante fosse uma espécie de linha de chegada que se deve a todo custo cruzar sob pena de... de quê, afinal? O que pode acontecer a quem não marcar simbolicamente presença com uma merda qualquer em conserva sobre a esteira, e isso com a maior rapidez possível? Só mesmo uma dissecação desse tipo de cérebro doente poderia nos dar a resposta, mas não somos médicos. O outro tipo de doido que nos interessa é o que entra em pânico diante da possibilidade de suas compras encostarem nas do cliente anterior ou do cliente seguinte. Temos a impressão de que, para eles, as compras do vizinho já foram digeridas e cagadas. Ao mesmo tempo que têm todo cuidado para deixar o maior espaço possível entre seu montinho e o montinho do outro, pedem ao caixa aquela espécie de barreira divisória com a frase "CLIENTE SEGUINTE" escrita em letras garrafais. Sem esse minimuro da vergonha, é difícil dizer que tipo de massacre o cliente louco seria capaz de perpetrar se o outro entrasse no seu território. É importante observar que o maníaco apressado em ejacular suas compras na esteira rolante é às vezes o mesmo que recusa que o salsichão do vizinho entre em contato com seus pimentões. É gente que realmente dá medo. Os inúteis seguranças que perambulam suas varizes do outro lado dos caixas deveriam ser substituídos por enfermeiros psiquiátricos. Há mais loucos do que ladrões nos supermercados.

Você há de concordar, é preciso jogar essas escórias humanas numa caçamba de lixo sob a justificativa de estarem com a data de validade vencida. *Amém.*

Morte aos festivais!

Salões, festivais, congressos… O que, para você, essas palavras querem dizer? Festa, confraternização e talvez também amizade? O que reúne tanta gente diferente num mesmo lugar? Uma mesma ocupação profissional, uma mesma paixão. Em todo caso é assim que se vendem todos os festivais. Profissionais da área, venham todos se encontrar em torno do livro, da agricultura, dos quadrinhos, da construção, da educação, e por aí vai. O fato de trabalhar num determinado setor de atividade é suficiente para que a gente se esprema debaixo de uma lona nojenta ou num saguão insalubre? Adoro patê, e o mais repelente dos militantes da Frente Nacional também. A partir disso, na época do festival do patê, devo coabitar com ele um fim de semana inteiro, sob um telhado de alumínio, só por esse gosto comum pelo patê? Seria isso mais forte do que todas as nossas oposições em todos os demais assuntos? Façamos a paz em torno do patê ou, no mínimo, ignoremo-nos polidamente… É impossível! Um grandessíssimo idiota fascista que desenha cartuns é antes de tudo um grandessíssimo idiota fascista. O festival de quadrinhos de Angoulême, por exemplo, não deveria poder reunir, por ser um espaço tão confinado, pessoas que, se fossem de constituição normal, se exterminariam. Um editor faz de tudo para liquidar um outro editor, mas, durante alguns dias, seu estande vai estar colado ao de sua vítima sem que ela reaja. Eles se odeiam por razões éticas, econômicas, políticas, mas… ambos fabricam livros. O que pode compartilhar um sobrevivente dos campos de concentração com um desses sujeitos que negam o Holocausto? O gosto pela escrita. Isso é suficiente para reuni-los num salão? Um agricultor poluidor que monopoliza a metade das subvenções europeias só para encher a piscina da sua casa estará à frente do estande de um pequeno produtor de produtos orgânicos que acabará se enforcando pouco tempo depois (com uma corda de cânhamo ecologicamente correta) por suas abelhas terem sido envenenadas por pesticidas. O que têm em comum esses dois cretinos?

Você há de concordar, para acabar com os salões da mentira e da hipocrisia, é preciso distribuir armas aos participantes e avisar a cada um que os outros querem assassiná-los. *Amém.*

Morte aos jornalistas esportivos!

É POSSÍVEL SER JORNALISTA. E esportista. É possível ser jornalista OU esportista. Mas é uma aberração acreditar na existência de algo como um jornalista esportivo, quer dizer, um jornalista cuja especialidade é o esporte. Os "jornalistas esportivos" não são absolutamente jornalistas e muito raramente esportistas. Em sua maioria, até foram esportistas no colégio, alguns até conseguiram a média no vestibular graças ao esporte. Depois desandaram a comer e beber como animais, o que explica seus enormes traseiros e a cor de pele meio avermelhada. De que maneira um sobrevivente do período Cretáceo Inferior que dá o resultado do jogo de futebol entre Lyon e Guingamp está fazendo jornalismo? Ler a tabela com o resultado é jornalismo? Dizer que tal jogador dribla no momento em que dribla, chuta no momento em que chuta e marca no momento em que marca: isso é jornalismo? Descrever com palavras de todo mundo o que todo mundo vê: isso é jornalismo? O papel do jornalismo não é parafrasear a realidade óbvia, mas explicar o que ela eventualmente esconde. De vez em quando o jornalista esportivo fecha a matraca para dar voz a alguém ainda mais insignificante: o esportista. Numa oratória capenga, o pobre coitado, cuja profissão é antes de tudo injetar na própria bunda um produto anabolizante, arranha algumas palavras para dizer o quanto está contente por ter feito o que pôde fazer, apesar de uma luxação no cérebro. A entrevista não acrescenta nada ao ouvinte, mas enche de alegria o jornalista esportivo, que pode brilhar nos bares junto aos idiotas de sua espécie: o que o diferencia dos outros beberrões é que ele tem acesso a grandes estrelas. Isso garante um prestígio enorme, que ele aproveita para que lhe paguem umas doses. Afinal, já cheirou as meias do Zidane, viu o calo que a ciclista Jeannie Longo tem na bunda, conhece a irmã de um cinegrafista do canal *Stade 2*…

Você há de concordar, é preciso cortar em pedacinhos esse parasita que usurpa o título de jornalista e enviar sua pele ao Paquistão, para que crianças escravizadas a costurem em forma de bola. *Amém.*

Morte aos colhões!

VAMOS PARAR DE CONSIDERAR esse ridículo par de bolsinhas molengas um símbolo de virilidade. Não têm do que se orgulhar, os espertinhos. É só por pena que as mulheres fingem ter interesse por esse negócio que enche a cueca dos homens e de que eles tanto enchem a boca para falar. Quantas vezes por dia não se pronuncia em vão a palavra "colhões"? Dizemos que tal pessoa "tem colhões" ou ainda, com mais frequência, que "não tem colhões". Como se a presença, a ausência ou o tamanho dessas pelancas significassem realmente alguma coisa. E "ai, meus colhões!", "vou arrancar seus colhões fora"... A parte mais disforme e inútil do corpo humano é aberrantemente supervalorizada. Os colhões não servem para nada. Nem mesmo para fazer filhos. No máximo, e no melhor dos casos, servem para estocar o esperma. Esperma este que, graças aos pesticidas e ao gás carbônico dos carros, em breve não conterá mais do que um ou dois espermatozoides asmáticos. Os colhões não valem mais do que o enchimento que o adolescente complexado coloca no calção para parecer que tem uma piroca enorme. "Mais vale um belo cacete do que colhões grandes", diz um sábio provérbio ismaelita nunca traduzido. E esses pobres cantores de rap que nos videoclipes ajeitam os colhões para provar que os têm, enquanto tudo que pedimos é apenas que não encham os nossos! Sem falar dos torturadores que há séculos vão em cima desse pobre acessório, como se o martirizado nada tivesse de mais precioso! O cara que tiver os colhões decepados nunca vai querer contar, mas vai, na verdade, estar aliviado por se livrar de um peso morto. Os colhões ocupam espaço, atrapalham quando se anda de bicicleta, quebram a aerodinâmica, ao menor choque fazem o cara se dobrar de tanta dor, ficam presos no elástico da sunga, coçam, suam, perdem pelos...

Você há de concordar, é preciso doar seus colhões aos sopões populares. Pelo menos servirão para alguma coisa. *Amém*.

Morte aos bigodes do Bashar al-Assad!

Bashar al-Assad é aquele sujeito comprido, com olhar igual ao do cãozinho Droopy e que dirige a Síria com uma mão de ferro úmida. É bem filho do seu pai, o sanguinário Hafez al-Assad. Bashar al-Assad sonha em deixar na história um rastro de sangue seco pelo menos tão impressionante quanto o que papai deixou. Mas é pena, o regime sírio vai acabar de afundar antes da realização desse sonho.

Bashar tem efetivamente um grande problema: ninguém o leva a sério. E, falando sério, será que já se viu um ditador com bigodes tão grotescos quantos os do pobre Bashar? Deem-se ao trabalho de observar a cabeça desse abobalhado. Supõe-se que a área grisalha que separa o nariz da boca seja um bigode! É mais ou menos como as pernas da zeladora do meu prédio uma semana depois da depilação! Não se trata de plumagem, nem de pelos, mas de uma espécie de serragem. Bashar achou precisar de um bigode para parecer com o pai e confirmar sua autoridade. Não deu certo. Todo mundo na Síria tira sarro. Sem dar muita bandeira, porque a polícia secreta está sempre atenta, mas até os agentes da repressão têm lágrimas nos olhos de tanto reprimir o riso desenfreado que em breve fará o regime submergir. O lábio superior de Bashar é como o rabo de um pintinho que acaba de ser depenado. Hitler tinha pelos! Stalin tinha pelos! Golda Meir tinha pelos! Pinochet, Ho Chi Minh, Saddam, e por aí vai! Muitos dirigentes linha-dura têm bigodes. Às vezes discretos, mas fartos. Mussolini sabia ter tanto pelo quanto um caroço e, assim sendo, por acaso teve a pretensão de botar na sua cara a barreira de um bigode? Não. Resolveu afirmar sua virilidade de outra forma. Suas grandes manchas de suor debaixo do braço eram, na época, tão célebres quanto o bigode do pequeno guia dos povos. Bashar al-Assad tem perfil para servir petiscos árabes num restaurante libanês, não para oprimir milhões de inocentes.

Você há de concordar, é preciso entregar Bashar al-Assad a um tribunal internacional que o julgará por ter ridicularizado a imagem dos ditadores. *Amém*.

Morte aos datados!

Afinal, quem são esses que assim designamos? Pessoas que um dia estiveram na moda. Pessoas na moda nada mais são do que gente brega em gestação. Datado é o estado terminal do descolado. Certas pessoas tentam se adaptar às modas, mudar com elas. Abandonam as calças boca de sino como serpentes em muda de pele, trocam por calças justíssimas, ou tipo *baggy*, até que, exaustas, terminam seus dias em roupas patéticas, que acabarão fatalmente por também sair da moda. Assim como a vida contém em si a morte, a moda contém em si o datado. Quem dá risadas na rua apontando o cara brega está rindo de si mesmo. Infelizmente não se trata de autoironia, é cegueira mesmo. O datado em geral merece a sua sorte. Os fãs do rock neandertal adoravam gozar da cara dos *erectus*, que pareciam tocadores de tuba. Os *erectus* debochavam do minueto do avô *habilis*. Isso não foi bom para ninguém, todos desapareceram. Hoje o homem de Cro-Magnon, insolente, sacode suas pulgas ouvindo rap, sem saber que já morreu. A moda é um pensamento, uma roupa, um tic, um TOC, um gênero musical, um penteado que todos de uma mesma geração são obrigados a adotar para não serem esquartejados pelo grupo. A moda é o uniforme do soldado nazista, é a camisa de força dos prisioneiros políticos soviéticos, é a tesoura com que se castram os bezerros. A moda é uma forma refinada e particularmente perversa de totalitarismo. O datado é apenas instrumento da moda, seu lacaio servil que foi jogado de lado depois de ter fielmente servido. O datado é o guarda do campo de concentração que caiu da torre de vigília e foi devorado por seus cães.

Você há de concordar, não é preciso punir severamente o datado. Ele já foi bastante castigado quando imprimiram a ferro em brasa a marca "BREGA" em sua bunda mole. *Amém.*

Morte aos pequenos acionistas!

Atenção! O grande acionista é odiável e o pequeno acionista é desprezível. Sendo o desprezo um sentimento muito mais violento que o ódio, é preciso eliminá-lo o mais rápido possível para que não profane nosso cérebro. Na verdade, desprezar alguém por tempo demais pode provocar um câncer nos lobos biliares. O pequeno acionista não é um grande acionista em miniatura. O grande acionista é um predador perigoso, um cretino cego e sem piedade. Já o pequeno acionista é um pobre coitado, um merda, um fracassado que pensa poder um dia se tornar um grande acionista. Evidentemente, ele jamais será. Enrolado por anúncios publicitários mentirosos, humilhado pelo gerente do banco, arruinado pela própria idiotice, o pequeno acionista choraminga e geme. É injusto demais o que fizeram com ele! Haviam prometido que se tornaria um idiota de peso, dono de um capital que lhe garantiria a aposentadoria num abatedouro para ricos na região do Var, e no final das contas ele não passa de um bundão arruinado, de cueca no meio da rua. Haviam dito para ele: "Suba no ringue da Bolsa de Valores, você vai derrubar todo mundo!". Um bando de malandros o convenceu de que seus bracinhos curtos dariam conta do recado, e ele acreditou... Mas, então, você me dirá: se o pequeno acionista é uma vítima, não há por que cair em cima dele como urubu na carniça. Mas você estará se esquecendo de como o pequeno acionista estava disposto a fazer fortuna. Sem colaboradores, o capital não é nada. Quantos trabalhadores é preciso demitir para garantir aos acionistas dividendos polpudos? De quantas populações é preciso tirar todos os recursos para que tal empresa petrolífera possa oferecer a seus milhões de acionistas a possibilidade de comprar um iate ou uma baguete? Que cometam assassinatos para ganhar milhões de euros ou matem por alguns centavos, o crime é o mesmo. No caso do pequeno acionista, é possível simplesmente dizer que o crime não compensa.

Você há de concordar, é preciso enforcar os pequenos acionistas com os pelos dos colhões dos grandes acionistas. *Amém*.

Morte aos fetichistas nacionalistas!

Na Idade Média, os leprosos agitavam uma matraca para avisar que estavam passando. Isso permitia que as pessoas os evitassem pelo caminho. Nos dias de hoje, um outro tipo de doente dá prova, sem saber, da mesma civilidade: o estúpido que expõe de maneira ostensiva o apego que tem pelo canto de merda em que nasceu. Muitos carregam no pescoço um medalhão com os contornos da sua região natal. Na velha França, os espécimes mais frequentes são, sem dúvida, os corsos. Em meio a pelos e espinhas, brilha aquela ilha da Beleza. É feio e burro, mas já nos habituamos. Logo de cara podemos reconhecer o mapa da Córsega e então mudar de calçada. É a mesma atitude que devemos ter com os defensores da causa palestina e os defensores da causa israelense. O engraçado nisso é que os dois trazem o mesmo pingente, que representa, conforme o credo de cada um, os contornos de Israel ou da Palestina histórica. Ainda nesse caso é fácil identificar o mapa e temos tempo para fugir da conversa com esses chatos. A coisa se complica quando o penduricalho não representa a Itália, a França, a África... Quem seria capaz de reconhecer de imediato o mapa da Alemanha, da Bélgica, de Honduras ou de Montenegro? Assim sendo, se no peito o cara tem pendurada uma peça meio informe de metal, não pense duas vezes: fuja! Não procure saber se é arte, pois é quase certo ter pela frente um nacionalista qualquer. Outro dia, intrigado, me aproximei imprudentemente de um gordinho que ostentava uma pera de ouro minúscula no pescoço. Pensei comigo mesmo: "Olha só, legal desfilar por aí com uma pera...". Que catástrofe! Tratava-se, na verdade, do mapa do Sri Lanka! Depois da bandeira, o que há de mais idiota para simbolizar o país a que estamos ligados do que a sua forma? Esse gênero de enfeite mostra o quê? Que o espírito de quem o carrega é tão limitado quanto a superfície de seu país. Seu espírito é demarcado, no sentido próprio do termo.

Você há de concordar, é preciso esmagar e achatar esses que andam por aí com amuletinhos nacionalistas, para depois amarrá-los ao cabresto de um burro. *Amém.*

Morte aos fabricantes de sapatos!

É TÃO LEGAL UM BOM par de sapatos. Não são instigantes, com aquela pequena lingueta que sai? Dá até vontade de beijar os mais bonitos. Eu sei, é ridículo. Vivemos num mundo em que os apaixonados por sapatos são motivo de chacota. O único meio de transporte individual a ser exaltado é o carro. Ah, você pode ir ao Salão do Automóvel sem que tirem sarro da sua cara! Pode percorrer centenas de quilômetros até lá, ficar horas na fila para alisar o couro de um Porsche que nunca poderá comprar, e ninguém vai debochar de você quando voltar para casa no volante de um Twingo todo enferrujado. Quem frequenta o Salão do Automóvel com a família é visto mais ou menos da mesma forma que aquele que terminou o serviço militar há pouco tempo: como um homem. Já os que vão ao Salão dos Sapatos se calam, envergonhados. Eu não! Quando vou ao Salão dos Sapatos, é como se fosse à guerra santa! Vou para acertar contas com os fabricantes de sapatos que ridicularizam a profissão e humilham o consumidor. Nunca aconteceu de você comprar um par de sapatos belíssimos, superfortes? O tipo de sapato que o faz dizer: esses são para a vida toda! E de fato é uma boa escolha, um material de primeira. Dura, dura... Então um dia os cadarços, os lindos cadarcinhos que combinam com o modelo, arrebentam. Bom, um deles arrebenta. Nunca os dois ao mesmo tempo. Enfim, não chega a ser o fim do mundo, um cadarço pode ser trocado. Um cadarço sim, mas não ESSE cadarço, exatamente do mesmo tom que os sapatos! Loja nenhuma, sapateiro nenhum das antigas vende O cadarço que está faltando. E daí então você compra um insípido par de cadarços amarronzados que acabam por fazê-lo odiar aquele par de sapatos. Que vão acabar num fundo de armário.

Você há de concordar, é preciso enforcar os fabricantes de sapatos indignos com os restos de todos os cadarços que você teve o cuidado de guardar e amarrar juntos. *Amém.*

Morte ao passageiro furioso!

Você já deve ter notado que, no trem que o leva ao trabalho, seu vizinho de banco faz de tudo para não cruzar com seu olhar. Você mesmo prefere, durante o trajeto, meter a cara no folhetinho de promoção do SOS Amizade a olhar o ser humano à sua frente, ainda que seja por um oitavo de segundo. E se as sacudidelas do trem fazem o joelho do cara tocar no seu, os dois se sentem absurdamente incomodados. No trem há uma regra tácita que faz com que não somente cada um ignore ostensivamente o outro como também cada um faça tudo para ser o mais transparente possível. Ninguéns viajando em companhia de ninguéns. Nada de sua vida privada pode transparecer, indício algum da pessoa que você é, e o mesmo vale para o outro. E, se por acaso um dia você estiver no auge do desespero, deixando que isso se note na sua cara, se um dia o câncer ou a depressão que pouco a pouco o corrói o fizer parecer um cocker spaniel se afogando, ninguém tomará a iniciativa de perguntar se você precisa de ajuda. Não há por que reclamar, são as terríveis e intocáveis regras do trem. A única possibilidade de um dia você reparar no seu vizinho será quando houver algum atraso. O maquinista anuncia que, devido a problemas técnicos, o trem das 7h41 não chegará à estação na hora. É o que basta para que o outro, que até então parecia um toco de pau, volte à vida. Ele se agita e freneticamente consulta o relógio de pulso, com longos suspiros. Ele se comunica! Diz algo, a você e a todo o vagão! Expressa um sentimento, uma opinião! Quer deixar claro a todo mundo que o atraso o irrita. Meses, talvez anos de mutismo, que finalmente só queriam dizer isso: "Merda! Que porcaria de trem…".

Você há de concordar, o ectoplasma que infringe a lei do silêncio só para expressar seu descontentamento com um ótimo serviço público deve ser atirado debaixo das rodas de um trem de carga. *Amém*.

Morte aos indecisos!

Você pensa que está à mesa com amigos. Entre eles, sim, claro, há até alguns, mas tem também um chato que vai estragar seu jantar. O garçom deu pelo menos quinze minutos para vocês estudarem o cardápio. O chato, que hesita entre o bacalhau à provençal e o *cassoulet*, pede uma prorrogação. Dez minutos depois, o garçom volta, com o bloquinho e a caneta em riste. Não, o chato ainda não sabe o que quer. É que ele adora o bacalhau, mas o *cassoulet* – que ele também adora – é o tipo de prato que nunca tem a oportunidade de comer, então se sente tentado. O que dizem os clientes das mesas ao lado? E o chato não para então de olhar os pratos em volta e de sondar o garçom. O *cassoulet* está bom? Mesmo? Mas o bacalhau não estaria ainda melhor? O garçom se impacienta, o chato se desculpa, mas, bom, é ele o cliente e, com os preços cobrados, até se sente no direito de se informar ao máximo sobre o que vai passar pelas paredes de seu estômago e terminar na privada da sua casa. Os amigos pedem que se decida, primeiro com humor, depois com raiva. Merda, lá se foi o bom ambiente! O chato vai ainda levar certo tempo para fazer o pedido (no final se decide pelo bife com batata frita e depois não, olhando bem, com vagem; não, também não, meio a meio), como se o seu futuro dependesse dessa escolha. É como estar numa encruzilhada: se pedir o bacalhau, talvez esteja estragando a própria vida, a menos que seja ao pedir o *cassoulet*... Entre dois pratos – que ele adora –, precisa escolher aquele de que gosta mais. E foi ali, no restaurante, que ele resolveu se questionar quanto aos seus desejos mais profundos. A mesa vira um divã, e os amigos, psicanalistas involuntários.

Você há de concordar, é preciso fazer o chato engolir à força litros e litros de desentupidor. E que morra antes de poder dizer que prefere um de outra marca. *Amém.*

Morte aos óculos descolados!

Vá a uma ótica comprar óculos novos. Examine com atenção os modelos expostos. Não nota nada? As armações redondas sumiram. Ah, não, ainda tem por ali um par, mas são óculos tão feios que nem uma toupeira vai querê-los. Estamos no tempo dos óculos retangulares. Obviamente não foi à demanda que o mercado se adaptou, como muita gente ainda acredita, pois a demanda é pouca. O único talento do mercado consiste em fazer consumidores acreditarem que realmente desejam os produtos que estão sendo impostos. Você imagina a humanidade se levantando um dia e gritando em uníssono: "Queremos óculos retangulares?". Não. No entanto, seja por vontade própria, ou na base da força, todo mundo está usando óculos retangulares. No final das contas, não chega a ser o pior dos crimes do totalitarismo comercial este de nos obrigar a enquadrar os olhos em ângulos retos.

Dos vários tipos de óculos retangulares, tem um modelo em especial que arrasa: a armação de plástico preto com bordas grossas. De início essa atrocidade distinguia o publicitário criativo ou a jornalista de moda. Sou meio artista e vivo em Paris num gueto que lança tendências para o resto do mundo. A única vantagem dessas armações é que elas nos fazem esquecer a cara de babaca de quem as usa. Elas monopolizam toda a atenção. São a moldura dentro da qual o quadro desaparece. Aliás, podem ser vistas de longe. Num evento qualquer, por exemplo, assinalam perfeitamente o pedante e o mundano que devemos evitar. Mas o problema é que esses óculos contaminaram todos os meios sociais. Todo mundo quer parecer artista gráfico, crítico de cinema ou comentarista de tevê. Então, para não acabar a vida como autistas, voltamos a ter contato com essa gente marcada pelo selo da autossuficiência. E às vezes até tropeçamos num verdadeiro publicitário...

Você há de concordar, é preciso convencer os que usam esses óculos de que a bengala branca é que está na moda. Vão todos querer ser cegos. *Amém.*

Morte aos *slammers*!

O QUE É EXATAMENTE UM *SLAMMER*? É um cantor de rap que não sabe cantar. Ele então declama. Declama poesia. Assim como o cantor de rap, ele fala das aporrinhações da vida, sacou?, só que com estilo literário. Enquanto o cantor de rap grita "Sociedade, vá se foder!", o cara do *slam* proclama com gravidade: "A conjuntura é tal que pode haver uma revolta da juventude". Ou seja, ele é um pedante que escreve como um rato. Tirou 5,7 na redação de final do ensino fundamental e, com isso, resolveu se assumir como o intelectual da turma. Uns se consideram filósofos. "Jovem, ouça o que digo, são palavras impregnadas de sabedoria, podem ajudá-lo a progredir na vida." À diferença do rap, o *slam* agrada a burguesia. Afinal, um jovem da periferia que tenta imitar Jacques Brel é algo que tranquiliza. O estilo é grotesco, afetado, sem jeito, mas chega a ser comovente um selvagem que tenta se apropriar dos códigos da cultura e da linguagem da classe dominante. "Um *slammer* não ia querer tacar fogo no meu BMW, então ele merece apoio", elucubra o crítico musical parisiense. Antes de ir para o lixo, o disco de *slam*, ao contrário das gravações de rap, obtém uma boa crítica na imprensa. O rap dá vontade de quebrar a cara de um policial, o *slam* dá vontade de esbofetear o declamador. E quando ele quer bancar o engraçado, dá vontade de esvaziar a caixa de Prozac. E ele frequentemente se imagina humorista. E adora trocadilhos. Mas não qualquer um, não são trocadilhos gratuitos e fáceis à moda do compositor Bobby Lapointe, são trocadilhos com duplo, triplo ou quádruplo sentido, cheios de significado (e seu contrário). Enfim, é uma salada metida a besta que não quer dizer grande coisa, mas na qual se embutem verbetes de todos os dicionários só para dar pinta.

Tem quem veja no *slam* a prova de uma incrível vitalidade do idioma, mas ele cheira a naftalina.

Você há de concordar, é preciso serrar as cordas vocais desses sacerdotes da poesia com uma velha lixa de unhas. *Amém*.

Morte a todos que dizem *bobo*!

Bobo [PRONUNCIA-SE BOBÔ] e a abreviação de *bourgeois-bohème*, o burguês-boêmio. Qual a necessidade de se criar uma subcategoria para designar o burguês? Aliás, o que pode haver de boêmio no burguês? Ele consome cultura, só come produtos orgânicos, se veste com roupas do comércio politicamente correto, leva para passear a filharada num carrinho de três rodas, ouve "música do mundo", vota em geral mais à esquerda que à direita e, é claro, não gosta de burguês... E daí? Qual o interesse desses detalhes sociológicos, usados para nos fazer esquecer o essencial? O *bobo* é sobretudo o "bo" inicial, um burguês. Um inútil de um burguês de merda das antigas, que pegará uma espingarda assim que alguém tentar pôr em prática uma ideia com a qual ele certamente concorda na teoria: redistribuir a riqueza do mundo. E assim que tiver de devolver um pouco daquilo que ele inevitavelmente roubou do hemisfério Sul, votará no primeiro fascistinha que prometer a preservação de seu modo de vida. O *bobo* se tornou alvo de gozação de todos os humoristas sem graça, que são uma especialidade da França. Os *bobos* adoram que debochem deles e, com boa vontade, demonstram certa autoironia. Exemplo de gozação: uma prova de que o *bobo* é *bobo* é a revista de programação cultural *Télérama* deixada na mesinha da sala... "Ah, ah, essa é ótima!", ri o *bobo*, lendo uma piada "incrível" na *Télérama*. Prefere-se o anódino, o superficial, aplica-se um nariz vermelho no burguês e com isso não se vê mais o burguês, só o nariz vermelho. Hoje o burguês se incomoda menos em ser boêmio do que burguês. Boêmio não tem um verdadeiro significado político, ao contrário de burguês. E o burguês tem todo o interesse, se não quiser um dia se ver na mira da revolta popular, de fazer o possível para esquecerem que ele é inimigo do gênero humano.

"Boêmio" foi acrescentado a "burguês" apenas para desviar a atenção e agradar os imbecis.

Você há de concordar, é preciso enforcar os trapaceiros que dizem *bobo* em vez de *burguês* com tripas feitas à moda de Caen, um prato bem popular. *Amém.*

Morte aos tatuados!

Sou único. É um fato. Sim, mas, tudo bem, não estou tão certo disso. Então, para tirar a prova, vou ao tatuador. Quando me grafitarem a pele, vou me sentir realmente único. Assim como as boas marcas são reconhecidas pelos logotipos, vão me reconhecer pela tatuagem. Uma tatuagem que expressará ao mesmo tempo meus gostos, minhas escolhas, meus engajamentos, enfim, a natureza profunda da minha personalidade. É por isso que bilhões de moças um dia acordam com uma borboleta tatuada no ombro e bilhões de rapazes com um dragão no mesmo lugar. À pergunta "qual a melhor maneira de afirmar minha diferença?", a maior parte da humanidade responde: "Fazendo como todo mundo". Para um só que tatue no peito um canguru peludo tendo o rabo depilado por um rabino albino, uma infinidade de outros sai dos supermercados da tatuagem com seus nomes escritos em chinês (no bíceps para o macho, no tornozelo para a fêmea). Assim que têm a curiosidade de abrir um dicionário chinês (o que nunca acontece), constatam que no lugar do seu nome o artista gravou para a eternidade em sua pele as palavras "limpador de para-brisas", cujo modelo constava de um catálogo de peças de importação avulsas. Pensemos também nessas pobres meninas que estampam na parte de baixo das costas uma espécie de ornamento celta, para indicar ao namoradinho retardado o caminho mais curto na direção do buraco do seu traseiro. Só lá pelos sessenta anos é que essas tatuagens eróticas se tornarão, na verdade, únicas. De fato, essas mocinhas não vão mais estar se vestindo igual e, mais frouxas, as gordurinhas da cintura não vão cair da mesma maneira em cima do elástico da calcinha. Cada uma então, realmente, terá seu próprio estilo.

Você há de concordar, é preciso imprimir a ferro em brasa na testa desses bobalhões as palavras "limpador de para-brisas" em francês. *Amém*.

Morte aos torcedores de rugby!

Já posso ouvir daqui: "O rugby não é como o futebol. É um esporte que se manteve puro! Não há casos de *doping* nem falcatruas financeiras no rugby! Há companheirismo e os caras se divertem se jogando na lama, arrancando o calção um do outro...". É assim que os torcedores de rugby enchem o saco: com as mentiras típicas de vendedor de carro usado. Esse discurso que se imagina convincente soa tão desafinado quanto o piano do músico Vincent Delerm.

Ninguém ignora que o meio do rugby é tão deteriorado pelo dinheiro, pelas anfetaminas, pelo chauvinismo e pela idiotice quanto o do futebol, só que em barris de trinta litros. Mas esses bebezões com pescoço de touro continuam se fazendo de sonsos e se gabando de seu esporte favorito como se fosse uma exceção. Esses barrigudos que recalcam a homossexualidade sob toneladas de testosterona e esperam o terceiro intervalo para ficar batendo coxas durante o banho são os piores hipócritas que já andaram pela Terra. Têm um só sonho, mas não admitem nem por um segundo o quanto querem pegar a salsicha do cara ao lado! Aliás, basta insinuar isso que vão lhe quebrar a cara aos gritos, assustadíssimos, dizendo que eles não são veados! E quando enchem a cara, vomitando até as tripas, recusam as comparações com os torcedores de futebol, que não sabem se divertir, têm um alcoolismo agressivo. Já eles, sim, sabem fazer uma festa! Beber para colocar em pane seu cérebro de dinossauro e esquecer as frustrações: eles chamam isso de "fazer uma festa"! É muito melhor descascar ervilhas ouvindo o cantor Francis Cabrel do que estar numa festa de torcedores de rugby. O mundo da bola oval peida a mesma pizza fria e a mesma cerveja choca que o mundo da bola redonda, mas os torcedores de rugby insistem em negar.

Você há de concordar, é preciso empalar os torcedores da bola oval no topo dos postes de rugby (cada um de uma vez, pois não vai ter espaço para todos). *Amém.*

Morte ao púbis "à francesa"!

Assim como existem jardins à francesa, existem púbis à francesa. Nenhum pelinho ultrapassa a moita. Moita em geral reduzida a um quadrado de grama cortada bem rente. É como... não, não se trata de um delírio... o bigode de Hitler! Você acha que vai se esbaldar na calcinha de uma encantadora jovem e dá de cara com o Führer! Que choque! Estava prestes a cair de boca num criminoso nazista... Já imaginou o trauma para as filhas e os filhos de deportados que por acaso se veem diante dessa provação? Bom, os menos politizados podem achar que aquele pedaço de velcro mais parece o bigode do Carlitos. E vão dar uma boa risada sincera e cristalina. De qualquer forma, quer você se assuste ou ache engraçada a pilosidade da sua amiga, ela vai ficar chateada. Não piore as coisas explicando o que você imaginou ter visto. Alguns adeptos do púbis aparado à francesa dirão preferir estar ali pastando um Hitler a um Karl Marx. Têm que ser denunciados ao Movimento contra o Racismo e pela Amizade entre os Povos (MRAP) ou à Liga Internacional contra o Racismo e o Antissemitismo (LICRA). Em que revista, em que salão de depilação, em que filme pornô mulheres jovens e menos jovens buscaram inspiração? Em matéria de pelos, quem dita a moda? Há desfiles de púbis em que se podem ver todos os modelos em destaque? Quem conseguiu convencer nossas amigas a arejar o morrinho de forma tão ridícula? Quem as fez acreditar que era bonito ou sexy? Os jardins à francesa são lindos lá no castelo de Versalhes, mas – e perdão pela vulgaridade –, se dar uma trepadinha ficar tão chato quanto uma excursão de turistas, prefiro permanecer em casa e assistir ao seriado do inspetor Derrick. Aliás, as alemãs têm fama de ter nas pernas os pelos que nossas namoradas não têm mais na... enfim... lá.

Você há de concordar, é preciso incendiar os púbis da vergonha para que, um dia, pelos possam brotar de novo com toda a liberdade. *Amém.*

Morte aos desenhos infantis no escritório!

Os desenhos infantis – sempre dos próprios filhos – que seus colegas ou superiores colam nas paredes do escritório contrastam com a tristeza ambiente. Em vez de alegrar o lugar, esses horríveis borrões coloridos dão um tom sórdido à austeridade reinante. Por que todos querem exibir os rabiscos insignificantes da prole? Querem provar ao mundo que seu gurizinho é um gênio para a idade? Cai na real, o menino tem dois anos e desenha como... como... qualquer criança de dois anos. Sim, bom, ok, ele rabisca como todos rabiscam nessa idade, mas esse garoto é excepcional pelo fato de ser meu filho! É uma atitude sentimental, dá para entender. Se não fosse uma agressão aos narizes dos colegas, alguns pais certamente exibiriam as fraldas dos seus filhos nas paredes. É merda, mas é a merda do meu pimpolho! E essa merda é a prova de que tenho uma vida – uma vida familiar – fora do trabalho. Mostro as provas da minha felicidade familiar para me sentir seguro. Ah, colegas, vejam como sou feliz, equilibrado, radiante, satisfeito e integrado à sociedade! Notem, aliás, que esse assalariado que se imagina curador de galeria de arte fica de costas para as obras dos filhos, pois ele as grampeia de maneira a serem obrigatoriamente vistas logo que se entra na sala. Sem falar do idiota dos Recursos Humanos, que prega os desenhos do filho para mostrar ao funcionário em vias de ser demitido que ele não é um monstro desumano. Tudo bem, faço um trabalho de nazista, mas sou alguém com sentimentos. Sentimentos de merda, isso sim! Um carrasco com má consciência, tentando impressionar o condenado à morte com as porcarias do filho!

Você há de concordar, é preciso colorir esses fetichistas do vômito de seus filhos a cortes de estilete para que realmente entendam o belo. *Amém.*

Morte às taças mal lavadas!

O DONO DO BISTRÔ, todo gentil, se acha um *sommelier* e sugere o vinho mais caro do menu. É a regra do jogo. Quem entra num restaurante (tenha ele três estrelas no guia *Michelin* ou só uma bola no *Guide du Routard*) ignorando que será depenado é um grande inocente e devia ter ficado em casa comendo batata frita diante da televisão. Para não passar por um rato junto à gatinha monstruosamente maquiada que o acompanha e cujos seios você gostaria de ver mais de perto depois do jantar, você aceita a garrafa de château-meuscolhões da qual o canalha tanto se vangloria.

E tome "o sabor é saboroso", "o tanino é tânico", "o vestido é lindo", "o senhor me dirá o que achou". Você leva então aos lábios a taça umedecida com três gotas do fabuloso néctar. O dono do bistrô espera seu veredicto com o sorriso já triunfante. Um cheiro horrível de detergente primeiro invade suas narinas, depois arrasa suas papilas. Você cospe o vinho no guardanapo da forma mais elegante possível, com a cara deformada por uma careta que em nada o ajudará a seduzir a mocinha. O dono da casa faz uma cara ainda pior do que se você tivesse cagado em cima da mesa. "Não está bom?", ele se inquieta. Impossível dizer se o vinho é bom ou ruim, seu estúpido, a taça foi mal lavada e fede a detergente de limão! O homem está boquiaberto: a explicação não faz parte das três réplicas para as quais seu cérebro de molho béchamel programou uma resposta. O vinho está com gosto de rolha, o vinho está gelado demais, o vinho é jovem demais, isso ele entende. O parvo acaba trazendo outra taça, também com cheiro de mal lavada. Como o escravo paquistanês ainda não chegou para o serviço, não é ele quem vai se rebaixar e enxaguar duas taças em água limpa.

Você há de concordar, essa raça suja de porcos deve desaparecer da face da Terra, afogada numa bacia de água sanitária. *Amém.*

Morte ao azul-lavanda!

Quanto mais perto se chega do sul da França, mais os preços dos imóveis sobem. É a lei de Arquimedes dos franceses. E longe de nós querer contestar leis. Quando os holandeses tiverem comprado todas as fazendas em ruínas da Provença para transformar suas fossas assépticas em caves de vinho, vão sobrar só os parisienses para investir nas pilhas de pedras que delineiam os campos de lavanda imprensados entre a estrada e a linha do trem-bala. Nessa região, toda bosta de vaca em que for possível fixar a estaca de uma tenda vira um terreno de preço fora do comum. Que seja. Alguns moradores ganham dinheiro com os turistas, então faz parte. No entanto, há coisas inadmissíveis, mesmo em se tratando de provençais, e de muito mau gosto. Podemos fechar os olhos para aqueles horrorosos bonequinhos de presépio deles, para os tecidos provençais de merda e para as infames cigarras em terracota, mas alto lá! Atravesse a Provença e observe a cor que escolheram para pintar as janelas de nove em cada dez casas: isso mesmo, são azuis, MAS... azul-lavanda. Dá a impressão de que toda a população correu ao mesmo tempo à Leroy Merlin e encomendou esse exato tom de azul. As bonitas residências de pedra talhada, assim como as amareladas casinholas imbecis que parecem construídas pela Placoplatre®, têm isso em comum: as janelas de madeira na cor da lavanda. Obviamente há tanta relação entre a cor de um campo de lavandas e a cor dessas janelas, quanto entre a cor pêssego das faces da jornalista Mélissa Theuriau e um balde de massa corrida. Mas é a intenção que vale. Quiseram dar "um ar" de lavanda, não só para que fiquem bonitinhas (não deu certo), mas para lembrar ao turista que ele está na Provença. É preciso justificar os preços dos imóveis. Nem o holandês nem o parisiense devem duvidar um só instante de que estão na Provença, tampouco podem pensar duas vezes antes de tirar dinheiro do bolso. As janelas azul-lavanda são como o mata-moscas em papel grudento, só que para turistas.

Você há de concordar, é preciso pintar os provençais de cinza-porco-espinho para que sejam atropelados por *motorhomes* belgas. *Amém.*

Morte aos fumantes!

PODE ATÉ PARECER UM PARADOXO desejar a morte de pessoas que se suicidam. O problema do cigarro não é que mate, mas que mate lentamente – lentamente demais – e empesteie o ar por tanto tempo. Se o fumante se contentasse em ser fumante, não incomodaria ninguém. Infelizmente, o fumante não aguenta a ideia de fumar sozinho em casa. Não, o fumante é como essas crianças que acabaram de aprender a fazer cocô no penico. Precisam que todo mundo em volta assista à façanha. "Olha, mamãe, fiz cocô!". Na verdade, o fumante tem necessidade de estar num espaço de "convivência" para soltar sua fumaça. Boate, café, sala de concerto, restaurante, cassino... É preciso que seus modos de punheteiro cheio de autossuficiência, de afetado arrogante, sejam observados por um público quando ele bater a cinza com uma hábil pancadinha de polegar ou quando der aquela aspirada básica apertando intensamente os olhos. À medida que cresce, a criança esquece aquele número do penico para se isolar discretamente nos banheiros. E você acha que o fumante chegará um dia a esse nível de maturidade? É pouco provável. Não somente a maior parte dos fumantes permanece presa à fase anal, mas, ainda por cima, mete sua merda na boca! Dito isso, comparemos o que é comparável: um bumbum de bebê fede menos do que o hálito de um fumante. Estudos sérios já comprovaram isso. Os fumantes deveriam sair com fraldas na cara, mas você sabe o quanto são unhas de fome: afora os maços de cigarros, eles acham tudo caro demais. Por exemplo, os tratamentos para largar o vício! São caríssimos! Desejo boa sorte a quem quiser explicar a um fumante que, no final das contas, sairá mais barato se ele, com o tratamento, parar de fumar. O fumante vai deixar tudo de lado, antes de deixar o cigarrinho. Primeiro ele renuncia a seu orgulho, quando aceita sacrificar a vida para financiar a piscina de um industrial do tabaco. E depois finalmente renuncia à vida, quando morre de um tumor.

Você há de concordar, apressemos o fim desses nojentos com um lança-chamas assim que nos perguntarem se temos fogo. *Amém.*

Morte aos vendedores de roupas!

O VENDEDOR DE ROUPAS QUE grampeia aqueles dispositivos antifurto em todos os modelos que vende é um porco. Por um lado, porque o dispositivo custa três vezes mais do que a roupa que ele comprou de escravos globalizados. Por outro, porque as roupas são vendidas mil vezes mais caras do que custaram. Mas, bem, não é o que se espera de um vendedor? Roubando o produtor e, ao mesmo tempo, o consumidor, ele só está cumprindo seu trabalho de comerciante. Se o vendedor de roupas é um porco, ele o é sobretudo por desprezar tanto quem produz sua mercadoria quanto quem compra. O comerciante simultaneamente sabota o trabalho de um operário e o prazer de um consumidor. A prova disso é o buraco deixado pelo dispositivo antifurto no colarinho da camisa, assim que o vendedor o retira. O comerciante destrói as roupas que vende, por temer que as roubem em bom estado... Vende roupas furadas ao preço de novas. E, de fato, são novas, já que nunca foram usadas. Mas serão. E é assim que milhões de cretinos saem por aí com buracos no colarinho da camisa, na bainha da calça ou na parte de baixo da meia. Outros pedem às suas mamães para remendar os trapos, o que fará pessoas ao redor dizerem que eles se vestem no Exército da Salvação. No caixa, são poucos os consumidores que recusam pagar pela roupa mutilada, o que faz os comerciantes continuarem a perfurar as mercadorias sem dó nem piedade. Comprar uma saia esburacada já faz parte da moda. Espera-se com impaciência que os comerciantes de câmaras de ar adotem as mesmas práticas que os de roupas e, aí sim, se perceberá até que ponto o consumidor é um verme apático.

Você há de concordar, é preciso grampear o crânio dos vendedores de roupas de tal maneira que, assim que retirarem o dispositivo, as babas que lhes servem de cérebro escorrerão em cascatas. *Amém.*

Morte aos desinfetantes!

Isso tem cheiro de quê? De morango? Não... Mas dá para imaginar que o doente mental que criou esse perfume se inspirou, em parte, no aroma de morango. Ou, mais exatamente, no aroma do chiclete de morango. Pode até ter morango na combinação, mas não tem só isso. Foi preciso misturar várias fragrâncias que o babaca criado à base de balas Haribo considera agradáveis. O detergente usado pelos escravos que limpam corredores do metrô, estações de trem e estacionamentos de shopping tem esse cheiro inimitável que busca, no entanto, imitar um cheiro conhecido. Um cheiro terrivelmente adocicado que cola em suas narinas e ataca os neurônios. Não por acaso a maior parte dos encarregados de limpeza morre de sofrimentos atrozes, de câncer de pulmão ou de cérebro. O produto que serve para limpar a urina do mendigo é um bilhão de vezes mais nocivo para a saúde do que a própria secreção do coitado. O xixi do mendigo fede, mas o produto empregado contra esse fedor fede E mata. É o napalm das vias respiratórias. Foram cientistas nazistas, empregados logo depois da guerra por empresas que fabricam produtos de limpeza, que elaboraram essa arma absoluta contra a sujeira e, portanto, contra a humanidade. Não sejamos demagogos, o xixi que os sem-teto esguicham nos muros das ruas mais escuras fede. Os sádicos que governam nossas cidades fecharam a maior parte dos banheiros públicos. De um lado, para fazer economia, de outro, para humilhar os sem-teto e os que sofrem de algum problema de próstata. Que reabram banheiros públicos e, sobretudo, parem de impor esse insuportável e infantilizador aroma de "limpeza" que no fundo não passa de um novo aroma da morte! Há um século a morte cheirava a carniça; hoje tem cheiro de morango. O planeta vai morrer sufocado num pacote de balas Chamallows.

Você há de concordar, é preciso mergulhar os fabricantes de desinfetantes químicos em bacias de urina natural até que se afoguem. *Amém.*

Morte à classe executiva!

A AEROMOÇA PUXA A CORTINA que separa a classe econômica da classe executiva. É hora do lanche. Para quem está na classe econômica, é hora da humilhação. Imagina-se que, atrás daquela cortina, os ricos vão se empanturrar com tudo o que há de melhor na Terra. O champanhe vai correr solto, e talvez até as aeromoças, embriagadas de um desejo contido desde a decolagem, comecem a tirar seus uniformes lentamente para encher de carícias profissionais os grandes porcos, a essa altura bêbados. O comandante de bordo, que é a cara do George Clooney, se junta à tripulação para agradar às velhas peruas empeteriquitadas. Os comissários de bordo e os copilotos também. Os corpos lambuzados de *foie gras* e caviar se entrelaçam... Enquanto isso, na classe econômica, todos ainda beliscam uns biscoitinhos aperitivos acompanhados de um copinho mínimo de Coca-Cola. Parem de fantasiar, meus irmãos! Um erro de informática no momento do check-in me fez passar para o outro lado da cortina. E a única coisa que diferencia a classe executiva da classe comida-de-merda é essa cortina que corre pra lá e pra cá. O único prazer do burguês em estar na primeira é mostrar aos proletários que eles estão na segunda. No mais, são as mesmas rações minúsculas de bolachinhas, acompanhadas das mesmas rações minúsculas de sucos industrializados de frutas. Ah, desculpa! Existe mesmo uma diferença notável entre os dois lados da cortina: os ricos bebem em copos de vidro enquanto os pobres bebem em copos de plástico (vai que o pobre se sirva de um caco de vidro para sequestrar o avião até a Coreia do Norte). E é só. Por que, então, pagar tão caro para estar na executiva? Para poder espalhar o traseiro gordo de forma mais confortável, é claro, mas principalmente para alimentar as fantasias dos miseráveis que viajam em classe turística.

Você há de concordar, é preciso condenar os presidentes das companhias aéreas à prisão perpétua em banheiros de avião e alimentá-los apenas com biscoitinhos aperitivos. *Amém.*

Morte aos inventores de celulares!

TODOS NÓS ACABAMOS CEDENDO. Deve-se reconhecer que a pressão foi forte, extremamente forte. Eu tenho um celular, tu tens um celular, nós temos um celular. Como aceitar ser o único a não poder ligar do supermercado para a mulher e perguntar se é melhor comprar a maçã golden ou a fuji para fazer a torta? Que seja, o progresso não para, não vamos nós fazê-lo tropeçar. Mas esse avanço técnico que nos vendem como progresso esconde um complô mundial destinado a transformar nossa cabeça em aquário para peixinhos vermelhos. Não me refiro aos fornos micro-ondas que cozinham nossos neurônios. Esse é apenas um detalhe quando comparado ao que realmente nos ameaça. Me venderam um celular do qual posso, claro, enviar SMS, mas sem acento circunflexo nem cedilha. A memória do meu aparelho dispõe de uma ampla variedade de carinhas sorridentes e débeis, mas não tem circunflexo nem cedilha. Há quem diga que isso não tem a menor importância, uma frase sem cedilhas nem circunflexos é perfeitamente compreensível para todo mundo. Sim... As coisas começam com a cedilha e o circunflexo, depois a gente demite o hífen, a letra maiúscula, o acento grave, o agudo etc. O objetivo é eliminar todas as teclas e deixar somente o "asterisco" e o "jogo da velha". Uma população, e depois toda a civilização, só se comunicando por asteriscos e jogos da velha será ainda mais fácil de ser manipulada. As palavras são uma arma para mudar o mundo, e tirá-las de circulação vai garantir aos fabricantes de celular o seu controle. Que possamos fazer tudo com um celular (telefonar, filmar, fotografar, calcular, registrar, ver televisão, navegar na internet...), MENOS escrever sem erros de ortografia – isso não põe uma pulga atrás da orelha de ninguém? Oferecem o útil para confiscar o essencial!

Você há de concordar, é preciso esfolar vivos os criadores de celulares com circunflexos e cedilhas bem afiados. *Amém.*

Morte aos etiquetadores de maçãs!

Quem ganhou foi a bruxa da Branca de Neve. As maçãs impregnadas de agrotóxicos reduzem tanto a nossa expectativa de vida quanto o número de espermatozoides espertos nos nossos colhões. Todo mundo fica de olho na catástrofe nuclear, cheio de angústia, mas é a maçã, a tolinha da maçã, que vai acabar com a humanidade.

Quem não quer se envenenar tem de lavar a sua gala com água sanitária e descascá-la até as sementes. É muito chato. A vida é curta demais para que se perca tempo descascando maçãs. E sair à caça de maçã orgânica é ainda mais cansativo. Nesse caso, por que comer maçãs? Porque é obrigatório, é preciso comer cinco frutas e legumes por dia para prolongar sua vida até o câncer. Ou então se morre de uma doença cardiovascular e, aí sim, é uma vergonha. Entre as cinco frutas obrigatórias, chega sempre o momento da maçã. Tudo bem, e aí caímos de boca nos agrotóxicos, mas é necessário antes tirar a etiqueta colada na fruta. O produtor deixa a sua marca. Os agrotóxicos não têm gosto e são de fácil digestão, mas essa merda de autocolante não passa. E vai tentar descolar! Ele resiste. Suas unhas acabam se enfiando na casca que você nem queria tirar e, quando se consegue dar cabo do papelzinho, ainda sobra no lugar uma mancha de cola supergrudenta. O prazer de comer uma maçã envenenada vai pro brejo com essa mania que o pequeno agricultor pegou do grande industrial: colocar sua logomarca no produto. Quando ele vai cagar, aposto que leva uma provisão de autocolantes para etiquetar tudo o que cai da sua bunda suja! Se não encontramos mais vermes nas maçãs, não é por causa dos agrotóxicos que os homens do campo espalham em suas plantações, é porque os minúsculos bichinhos não suportam mais a proximidade desses estúpidos.

Você há de concordar, é preciso obrigar os etiquetadores de maçãs a engolir o conteúdo de uma centena de bastões de cola escolar. *Amém.*

Morte a todos os que voltam da Índia!

"VEM AQUI PRA CASA, a gente tem muito o que contar." Contar o quê? A Índia, que merda, a Índia! Esse casal de amigos acaba de voltar da Índia! A prova de que acabaram de voltar da Índia é que eles te recebem sentados no chão. "Mas você pode sentar no sofá, se quiser..." E estão descalços, não é?, pois "a Índia mudou totalmente nossa visão de mundo". Sorriso leve, olhar profundo: "É lá, na Índia, que está a verdadeira vida". "Se os indianos sorriem apesar de tudo o que passam, é por terem compreendido algo de que nós, aqui no Ocidente, nos esquecemos." Meneios desencantados de cabeça. "Aqui reclamamos de tudo o tempo todo, não damos valor à felicidade que temos." E evidentemente se chega à sessão de fotos: miseráveis com dentes amarelos e mulheres pobres em vestidos cor de açafrão ou fúcsia com um jarro em cima da cabeça. E depois as vacas, as vacas... Magras, as vacas. "Até do sorriso das vacas parece emanar certa serenidade, não acha?" Vamos lá, passa-se à mesa: comida indiana que não deu certo. "Foi feita em casa, mas não encontramos todos os ingredientes no supermercado." Em todo caso, no ano que vem os amigos irão de novo à Índia. "É preciso ficar lá pelo menos uns quinze dias, porque a primeira semana você passa no banheiro. Não temos mais o hábito de comer produtos saudáveis, é por isso." Por mais um mês ainda o casal vai recitar um "guia do turista descolado" e, pelo restante da vida, vai poder dizer: "Adoraríamos ter ficado de vez na Índia, mas para o trabalho do François, sabe, não seria nada prático". Fui convidado para um jantar, na semana que vem, na casa de amigos que acabam de voltar do México, mas prefiro não ir. Eles certamente terão entendido muitas coisas sobre a vida que até a vida ficaria basbaque. Amigos não devem nunca voltar de viagem.

Você há de concordar, é preciso contaminar com lepra os amigos que voltam da Índia para que seus beiços caiam em pedaços assim que comecem a falar da viagem. *Amém.*

Morte aos designers!

FALTA DE IMAGINAÇÃO NÃO É CRIME. Quando se é designer, isso pode no máximo ser um defeito profissional. Está fora de questão condenar o designer que se inspira numa obra célebre por exigência de seu trabalho. Deturpar um quadro, uma imagem, uma escultura não implica necessariamente que quem age assim seja preguiçoso ou inútil. Mas é preciso que isso seja feito com um mínimo de talento, de vontade, de apetite. Não é mais o caso, e há muito tempo uns patetas exploram *Viagem à lua*, de Méliès. Você sabe, aquela lua feita de torta de creme com um foguete enfiado no olho. É uma imagem que por si só simboliza o cinema. O mais ignorante dos designers a conhece. Qualquer vertebrado com olhos que estejam atarraxados ao cérebro a conhece. Até para um animador de tevê ela diz alguma coisa. Com isso, assim que o designer inepto tem uma chance, quer se servir dessa imagem que se tornou clichê. Encomendaram um cartaz para um festival de cinema patrocinado pela companhia de trem? Ele fará um cartaz estampando a lua sem graça com um trem enfiado no olho. Um cartaz para um festival de filme pornô? A mesma lua, com um pênis de borracha enfiado no olho. Um convite para o festival de curta-metragem de Fionville-sur-Ratiboise? O pobre astro terá no olho uma batedeira de manteiga. Por que uma batedeira de manteiga? Ora, bando de ignaros, porque a batedeira de manteiga é o símbolo de Fionville-sur-Ratiboise. Por causa dos grosseirões que gravaram no miolo mole deles o programa "símbolos explorados até a lona", não consigo mais rever a obra-prima de Méliès. Comecei a ter a impressão de que Méliès foi quem plagiou esses fracassados.

Você há de concordar, é preciso enfiar uma caneta digital no olho dos designers até que tenham imaginação suficiente e gritem outra coisa além de "ai, tá doendo". *Amém.*

Morte aos folhetos dos hipermercados!

No fundo da caixa de correspondência, folhetos alardeiam os preços incrivelmente baixos do hipermercado do bairro. Formam uma espécie de forro para o restante da correspondência e acabam na lixeira sem que sejam lidos. Mas, de repente, ocorre um incidente. Num ato impulsivo você passeia o olhar pela primeira página do horrível texto publicitário. Uma enorme PROMOÇÃO, laranja, meio torta e ornamentada com três viris pontos de exclamação toma toda a largura da página. O logotipo da marca, muito feio, parece quase discreto e distinto ao lado das mentiras espalhadas por todos os lados. Já que se trata de uma promoção, o hipermercado se contenta em indicar em letras grossas e fluorescentes o preço da costeleta de porco: 6,95 euros o quilo! A importância da patifaria é proporcional ao preço. Mas é a foto do anúncio que faz você cair realmente no horror: um par de costeletas de porco em seu tamanho natural. É uma foto muito nojenta. Duas estúpidas costeletas de porco, fúcsia num fundo amarelo-mijo, nos fixam diretamente nos olhos. De qual imundo ossuário o fotógrafo alcoólatra que tirou essa foto desenterrou seus modelos? Não é trabalho que se apresente, merda! O folheto é nojento nem tanto pelas costeletas de porco, e sim pela vida desses caras cuja profissão é pôr em cena costeletas de porco. Você imagina os bastidores do estúdio fotográfico improvisado sobre um pedaço de mesa na gôndola de carnes do hipermercado. Imagina o pobre cara obrigado, para sobreviver, a fotografar não só costeletas de porco, mas também latas de ração para gatos, rolos de papel higiênico, garrafões d'água de oito litros... E tudo isso com uma já ultrapassada câmera fotográfica digital que ele nem acabou de pagar. A gente acaba preferindo a publicidade que mente e nos toma por idiotas em vez desses folhetos que dizem tudo sobre a miséria humana. Costeletas de porco mal fotografadas podem levar pessoas ao suicídio.

Você há de concordar, é preciso pegar esses folhetos, bem como acendedores de churrasqueiras em promoção a 3,99 euros, e tacar fogo nos hipermercados. *Amém.*

Morte às lâmpadas frias!

TUDO BEM, OK, O AQUECIMENTO global é um fato, as geleiras derretem e os ursos polares não puseram na poupança dinheiro suficiente para comprar trajes de escafandrista. É preciso fazer alguma coisa! No catálogo das belas ideias para adiar o fim do mundo por dois ou três dias consta a substituição das lâmpadas elétricas clássicas por lâmpadas elétricas frias. São lâmpadas relativamente caras na hora da compra, mas que têm uma duração mais longa.

E, principalmente, consomem menos energia do que as lâmpadas clássicas. Nisso a gente quer mesmo acreditar, que consomem menos, afinal, pois não iluminam nada! A deslumbrante luz da lâmpada que polui foi substituída por uma espécie de halo amarelado e tristonho. A lâmpada fria ilumina tanto quanto uma vela. Por que então, nessas condições, não equipar o mundo inteiro com círios? O gás carbônico exalado com essa queima vai poluir a atmosfera mais ou menos do que os gases perigosos contidos nas lâmpadas frias? É o que é preciso ver... Quer dizer, é preciso simplesmente ver... Não saímos da escuridão das cavernas para acabarmos com nossos olhos usando essas merdas de lâmpadas frias. Lâmpadas halógenas por todo lugar! Viva os incêndios magníficos, abaixo essas lamparinas tremelicantes! Queremos ver bem o que comemos, o que lemos, com quem transamos! Está fora de questão viver num ambiente de confessionário. Não estou nem aí para os ursos polares que, aliás, não têm para ver nada além da idiota extensão branca na qual nem sequer distinguem o traseiro branco das suas fêmeas em vias de extinção! Que importa se as geleiras derretem, desde que possamos continuar a ler bons livros depois que o sol se põe!

Você há de concordar, é preciso ligar os colhões do inventor da lâmpada fria em 220 volts para ver por quanto tempo conseguirá iluminar a sala. *Amém.*

Morte aos banheiros dos trens!

A GENTE SE ARREPENDE DE não ter ido ao banheiro assim que o trem começou a andar. Sabemos que quanto mais esperamos, mais corremos o risco de nos deparar com um cagalhão que, como uma aparição do monstro do lago Ness, quase ultrapassa a borda da privada. O seu autor pudicamente tentou cobrir a coisa com quilos de folhas de papel higiênico cor-de-rosa que voarão como gaivotas por cima de um lixão, assim que o aparelho de secar as mãos começar a funcionar. E isso sem esquecer o morno fedor de mijo, um mijo tropical, não ainda seco, que cola na sola do sapato... Tudo isso seria suportável, mas, no momento de lavar as mãos na pia de inox em que uma gaivota rosa acaba de pousar, você percebe, tarde demais, que não tem água. Tarde demais porque, antes de pisar no botão da descarga, você, cuidadoso, lambuzou as mãos com um sabão líquido azul, grosso e pegajoso. Você cruza com o seu próprio olhar estúpido no espelho. O cheiro do detergente que cobre suas mãos dá engasgos de enjoo. Não há mais como se livrar dele. A única solução seria mijar nas próprias mãos para se livrar dessa coisa, mas tarde demais, é exatamente por ter acabado de esvaziar a bexiga que está que nem um imbecil diante da pia. Você então pega várias folhas de papel higiênico e esfrega tanto quanto pode. É pior do que cola o tal negócio. A maior parte sai. Mas suas mãos estão mais grudentas do que um papel mata-moscas. Você volta para o seu lugar com os dedos bem abertos, esperando que aquela porcaria acabe evaporando. Tudo o que pegar a partir de agora terá o cheiro de um corredor de metrô depois da passagem do pessoal da limpeza. O livro, o sanduíche, os óculos, tudo com o mesmo fedor. Você fede. E, cúmulo do azar, ainda vai cheirar mal por quatro horas porque está indo para a praia.

Você há de concordar, é preciso encher a piscina do presidente da companhia de trem com esse sabão da morte e mergulhá-lo todo vestido. *Amém.*

Morte aos que dizem "deixa comigo que eu resolvo"!

Entre os vícios de linguagem mais insuportáveis está o "deixa comigo que eu resolvo". "A fralda do bebê está suja", diz a mulher ao marido. "Deixa comigo que eu resolvo", ele responde, com o tonzinho de agente da bolsa que acaba de ultrapassar em bilhões o limite de crédito autorizado pela conta. O colega de trabalho reclama que não tem mais café na cafeteira: "Deixa comigo", garante o colega de quem é a vez de alimentar a máquina. Desde que governos e bancos tentaram tornar os franceses pequenos acionistas em vez de pequenos poupadores, todos entraram nessa. Não vivem mais as suas vidas, eles as administram, dizendo "deixa comigo que eu resolvo". De repente aquele que achava a existência sem interesse algum tem a impressão de estar à frente de uma multinacional. Dito isso, se as empresas fossem administradas pelos patrões da mesma maneira como as pessoas administram suas vidas, haveria crises com menos frequência. Quando uma avó promete pegar as crianças na escola, é provável que mantenha a promessa. Quando um patrão promete não demitir, sabe-se que já era! Os franceses então administram suas dores articulares, a depressão, as relações amorosas, o cadarço do sapato que acaba de arrebentar, o vazamento de água no banheiro. Em breve o "deixa comigo que eu resolvo" terá saído da moda e dirão de novo "eu dou conta". Mas, daqui até lá, temos que aguentar esses megaempresários do cotidiano. Ouçamos as vítimas do liberalismo imitando seus torturadores. Dá vontade de dar um soco na cara de quem nos tranquiliza dizendo resolver o descongelamento do freezer, mas aí corremos o risco de ouvi-lo dizer "deixa comigo que eu resolvo" o próprio sangramento do nariz.

Você há de concordar, é preciso prender esses *golden boys* de araque num cofre-forte hermeticamente fechado e ver se conseguem dizer "deixa comigo que eu resolvo" a falta de oxigênio. *Amém.*

Morte aos farmacêuticos de jaleco!

Que boa vida a dos homens dos remédios! Quer dizer, nem todos, apenas os que usam jalecos brancos. Por que usar esse jaleco? Para impressionar a velhota que vem renovar a receita de anticoagulante para o coração? Para assustar o garoto que vem comprar um tubo de lubrificante para camisinhas? Para ter a impressão de fazer parte do corpo médico? Exato, por tudo isso e por várias outras idiotices relacionadas ao ego demente desses pretensiosos. O que fazem agora esses farmacêuticos, em seus laboratórios, além de empilhar caixas e caixas de remédios umas sobre as outras? Traduzem receitas para os clientes. "Ah, os médicos são conhecidos pelos garranchos com que escrevem, felizmente estamos aqui para decifrar." Claro... Só que os médicos escrevem mal apenas para que os farmacêuticos possam dar a impressão de que vivem ocupados. O jaleco do farmacêutico não passa agora de um traje folclórico, que lembra a quem o veste que ele fez estudos científicos e, se tivesse se esforçado um pouco mais, poderia ser um dr. House. No entanto, virou pequeno comerciante. O quitandeiro veste um jaleco azul ou cinza para não se sujar, o farmacêutico veste um jaleco branco para que não o confundam com um quitandeiro. E não se deve esquecer, pendurado no jaleco, o crachá com o nome do vendedor. Quer dizer, do laboratorista. São apenas dois na farmácia e ainda assim usam crachás. Acham que isso dá uma impressão de clínica privada. Mas, não, parece o McDonald's. De qualquer forma, qual o interesse em saber o nome do pedante que vendeu o Aspegic 1000 para nos ajudar a atravessar o inverno? Para convidá-lo a tomar uma cerveja na primavera? Vai sonhando! Essa gente não bebe com qualquer pessoa. Se você é algo abaixo de assistente de prefeito, eles nem o olham.

Você há de concordar, é preciso obrigar os farmacêuticos que ainda vestem jaleco a substituí-lo por um uniforme de operário. Ao menos assim os clientes terão a impressão de lidar com alguém que realmente trabalha. *Amém.*

Morte aos sonoplastas de documentários!

COMO UM DOCUMENTÁRIO VIRA um documentira? Graças ao trabalho dos sonoplastas. Por que o diretor de um documentário histórico que se utiliza de imagens de arquivo se sente obrigado a contratar sonoplastas? Por que essa necessidade de acrescentar barulhos de explosões às imagens de um ataque de soldados da Primeira Guerra? E também gritos, ou o ratatatá das metralhadoras. Ninguém ainda ousou acrescentar o som que reproduzisse o barulho feito pelo cu do soldado morrendo de medo no momento de atirar no inimigo, mas não percamos as esperanças, isso ainda vai aparecer. Das duas, uma: ou o diretor pensa que seu filme é uma porcaria sem interesse, o que explica ter acrescentado a sonoplastia para dar um pouco mais de consistência; ou o diretor não confia nem um pouco na capacidade de concentração do público e pede que façam barulho para deixá-lo bem acordado. Para começar, o material disponível é em geral em preto e branco, então, se além disso não desse para ouvir o barulho das botas dos alemães desfilando na avenida Champs-Élysées, ou o zumbido do avião biplano a ponto de cair, ou ainda os murmúrios da multidão reunida em torno do cartaz que anuncia mobilização geral, o público desistiria. Coitado do público! Os efeitos de sonoplastia são um insulto à inteligência do público. Colorizar filmes de arquivo para tornar um documentário mais atraente provocaria um debate, ou mesmo um escândalo. Poluir os mesmos filmes com uma roupagem sonora parece não incomodar ninguém. E na maior parte do tempo a sonoplastia se faz a preço de banana: você assiste a um desfile de militares a cavalo, por exemplo, e ouve o trote de duas bandas de coco... O dinheiro gasto para pagar o debiloide que imita o som das patas dos cavalos teria sido mais bem empregado na restauração das imagens.

Você há de concordar, é preciso gravar os gritos produzidos por um sonoplasta e por seu empregador quando mergulhados em óleo fervente. Com o resultado dá para dublar as multidões nazistas que aclamavam Hitler. *Amém.*

Morte aos mal barbeados!

A MODA VAI PASSAR, já está passando. Mas, enquanto isso, nos deparamos com um bando de nazistas de barbas duras e cabelos que explodem. São nazistas descolados. Por que nazistas? Porque, quando a metade da população masculina de um país adota o mesmo *look*, é sinal de uma época propícia à chegada de um regime totalitário. Se amanhã a moda impuser o cabelo cortado bem rente e tingido de louro, mais cidadãos se dariam conta do perigo que nos ronda. O *look* displicente não é, como alguns acreditam, o contrário de um *look* limpo e bem-comportado. A partir do momento em que todo mundo usa o mesmo uniforme, qualquer que seja, a sociedade está malparada. Esses desocupados que fazem a barba todas as manhãs, com toda a precisão para que pareça uma barba de três dias, dão mais pena do que realmente irritam. Todo esse tempo perdido para simplesmente ficar com uma cara de idiota. Não, a barba de três dias não combina com todo mundo. Assim como o cabelo semilongo escorrido. Que desgraça ver quase carecas juntarem um topetinho triste e alourado, como se fosse um chucrute, em cima de uma testa grande demais. Imagine uma lâmpada elétrica sobre a qual se colasse um tufo de pelos de pônei *shetland*. A vontade de se misturar ao grupo dominante faz com que sejam ainda mais notados do que se não tivessem cedido à ditadura da moda. Em dois ou três anos, quando essa mania de lixa de parede no queixo e de montinho na cabeça tiver passado, sei de um bando de pobres coitados que vão se sentir aliviados. O *bullying* terá acabado. O problema é que, provavelmente, terão que enfrentar novas provações. Espera-se, no entanto, que desta vez a moda não obrigue os feios a serem ainda mais feios. Com um pouco de sorte, a acne estará no *top* das coisas legais. Se aparecer um apresentador do Canal+

com as bochechas esburacadas, pare de espremer suas espinhas, você está na moda!

Você há de concordar, é preciso barbear esses pequenos soldados do modismo com um descascador de legumes enferrujado, para que as feridas substituam os pelos. *Amém*.

Morte aos garçons machistas!

Faça a experiência, não vai custar tão caro. Vá acompanhado tomar um drinque na varanda de um café. Atenção, é imperativo que o casal seja formado por um macho e uma fêmea. Por outro lado, pouco importa que seja um garçom ou uma garçonete que os atenda. Como vamos demonstrar, o sexismo é unissex. Peçam uma cerveja e um café. Verão que a cerveja será colocada na frente do cara, e o café na frente da moça. Repitam a experiência o quanto quiserem, nove a cada dez vezes a bebida alcoólica será dada ao homem. Por quê? Porque o álcool é uma bebida de homem! Quem volta bêbado do trabalho? É a mamãe? Não, é o papai! Agora peçam duas cervejas: uma escura e uma clara. Quem ficará com a clara? A fulana, obviamente! A cerveja escura é mais forte, amarga, macha... De qualquer forma, mesmo com o teor de álcool igual, a bebida mais escura será sempre levada ao cara. O preto é uma cor viril, misteriosa, também associada à impureza. Já a moça é transparente, doce, imaculada. Ainda sobrou algum dinheiro? Bom, então peça um café e um chá. Funciona também com bebidas sem álcool. O café é mais forte do que o chá, é um direito masculino. Xixi de burro com gosto aguado é coisa de menina. Quantos séculos ainda serão necessários para que esse tipo de preconceito seja definitivamente arquivado no Museu da Idiotice? Os cientistas que estudam o pessoal que trabalha em bar estão pouco confiantes. A evolução das espécies fará com que o homem tenha amendoins torrados no lugar dos testículos e um palito de dente no lugar do pau, enquanto a fêmea terá um dedal de costura no lugar da vagina e remendos de câmaras de ar no lugar dos peitos. A única coisa que nunca vai mudar é o reflexo machista.

Você há de concordar, é preciso cortar os colhões dos garçons dos cafés e servi-los em infusão às garçonetes. *Amém.*

Morte aos jovens papais!

A JOVEM MÃE SE COMPORTA de maneira adorável. Apesar de ainda estar inchada como um suflê e de todos em volta se perguntarem se um dia voltará ao normal, ela está radiante, sorridente, plena. Quis ter um bebê, conseguiu. Que felicidade! Foi desde pequena criada com essa finalidade; o sonho se realizou. Não enche mais a paciência de ninguém com aquele desejo de ter um filho. Mas não é o que acontece com o jovem papai. Ele apenas interpreta.

Exagera na interpretação da alegria de ser pai. Parece um ator da série *Plus belle la vie*. Não dá para levar a sério. Vendo-o tão mal em seu papel, nos perguntamos se ele não esconde algo mais grave. Teria o menino uma leucemia? É autista? Falta algum pedaço? Não é dele? Nada disso. Ele interpreta mal o papel de pai feliz porque está em total depressão. Nunca esteve plenamente convencido de que ser pai era o que mais queria no mundo. Está cheio de dúvidas, mas não pode demonstrar. É coisa que não se faz. Os amigos, os pais, os sogros, os cunhados, ninguém vai compreender. Arrepender-se de ter participado da concepção de um bebê que acaba de vir ao mundo é uma atitude que o fará ser banido da humanidade. Para convencer a si próprio da incrível sorte de ser pai, ele se torna agressivo com os jovens machos da sua idade que, em alto e bom som, reivindicam o direito de não ter filhos. Merda! É ele o normal! Todos esses imbecis que fingem ser felizes fora da paternidade é que são monstros associais! Ele quer que os amigos o invejem e assim lhe deem alguma certeza de estar no caminho certo. Mas sabe que todos esses cretinos que se confraternizam estão muito contentes porque não foi na casa deles que a cegonha largou o pacote. Não têm essa bola de três quilos e meio acorrentada no tornozelo... Muitas vezes, ainda, o jovem papai amargurado vai tentar convencer os amigos de que são um bando de fracassados.

Um dia, sem chegar a ser infeliz, vai simplesmente se resignar a não ser feliz.

Você há de concordar, é preciso fazer esses jovens pais tomarem LSD nos primeiros vinte anos para que continuem frequentáveis. *Amém.*

Morte aos croissants amanteigados!

É TÃO BOM UM CROISSANT AMANTEIGADO! Não tenho nada contra o croissant amanteigado. Mas é preciso encarar os fatos: assim como o homem de Cro-Magnon pegou o lugar do Neandertal, o croissant amanteigado veio substituir croissant simples. Não sei em que ano apareceu o croissant amanteigado, mas o acontecimento marcou o início do lento declínio do croissant simples. "Os croissants simples estão sumindo das padarias porque os clientes não os pedem mais", afirmam os padeiros. Hipócritas! É por terem os padeiros deixado de fabricar os simples que os clientes passaram a comprar os amanteigados! A verdade é que o croissant simples foi executado nos sombrios subsolos das padarias porque dava menos dinheiro que seu primo amanteigado. O amanteigado custa mais caro que o simples. E, a julgar pelos quilos de gordura que leva, o preço se justifica. Mas por que não contar mais com o croissant simples? O amanteigado e o simples têm sabores diferentes... Sem dúvida, mas é impossível vender pelo mesmo preço um produto que se chama "simples" e outro que se chama "amanteigado". Os padeiros que fizeram a experiência constataram que, pelo mesmo preço, os clientes preferem se dar ao luxo de um croissant amanteigado. Reação imbecil, mas é o resultado do discurso liberal que nos é imposto todos os dias, em tudo que é lugar: por um preço igual, pegue o mais caro! Uma das soluções possíveis seria rebatizar o croissant simples de croissant de luxo e vendê-lo mais caro que o croissant amanteigado. Fazer do croissant simples um brioche metido a besta e descolado talvez seja a forma de salvá-lo. Bom, honestamente, eu teria vergonha, pelo padeiro, que ele me tomasse por um trouxa, e esse seu tal croissant de luxo eu o mandaria enfiar bem fundo...

Você há de concordar, é preciso besuntar de manteiga os padeiros que assassinam o croissant simples e afogá-los numa bacia de café fervente. *Amém.*

Morte às placas escritas em primeira pessoa!

Uma placa com aquele sinal de proibição é feia. Um cigarro com um risco vermelho, acompanhado de um comentário do tipo "é proibido fumar", é dureza. Mas, ao menos, tem o mérito de ser claro. A mensagem não procura ser polida, nem simpática, mas só se espera mesmo de uma placa isso, que seja informativa. O.k., sabemos que não se deve fazer tal coisa em tal lugar. Não sou nenhum debiloide, sei que regras são necessárias para se viver em sociedade, só preciso que me mostrem quais, e cabe a mim, com conhecimento de causa, respeitá-las ou não. Um modismo que vem ganhando terreno em Paris neste momento é a placa de proibição escrita em primeira pessoa. No ônibus, nas portas internas dos vagões do metrô, nas bicicletas de aluguel Vélib' e, sem dúvida, por toda parte, lê-se: "Eu não faço isso", "eu valido minha passagem na máquina", "eu não abro essa porta", "eu deixo as pessoas descerem antes de mim", "eu não subo de carro na calçada", "eu respeito o sinal vermelho"... Paris é uma grande escola maternal para bobalhões. Pelo menos é o que indicam essas placas grotescas. Tão grotescas que a cor vermelha do sinal de proibição foi, na maior parte dos casos, substituída por uma mixórdia em espectro solar. Para ficar bonitinho; afinal, estamos nos comunicando com crianças retardadas. Não se deve forçar, ou não vão seguir as ordens. Esse paternalismo pegajoso é detestável, uma pedagogia odiosa para minhocas. Não vai demorar e veremos surgir, nos banheiros públicos, frases como "eu não faço pipi nas calças" ou "eu não faço cocô na rua". E na entrada do estádio: "Eu sou um bom torcedor parisiense, não faço a saudação hitlerista".

Você há de concordar, é preciso tatuar na testa desses malucos que redigem essas placas: "Eu banco a sua mãe, arrebente os meus dentes". *Amém.*

Morte aos trapinhos de estimação!

De repente as conversas param, a vida congela. Tudo que se ouve é o garoto berrar. Ele perdeu seu trapinho de estimação. Pânico entre os pais: "Sem o trapinho ele não consegue dormir, sem o trapinho, ele não vai querer comer, sem o trapinho não vai passar no vestibular... Onde pode estar o trapinho, diabo?". Para os amigos que assistem à cena, tamanho rebuliço parece desproporcional. E isso que os amigos em questão chamam de trapinho muitas vezes é apenas uma cueca velha do pai, cheia de baba, de golfadas de vômito e de diferentes amostras de papinha. Não deve ser tão difícil achar o tal trapinho, com seu longo rastro de purê de cenoura cor de laranja fluorescente. Pede-se, quase com irritação, que os visitantes levantem seus gordos traseiros do sofá para verificar se o trapinho não ficou debaixo de uma almofada. Nada. Não está em lugar algum. Os pais começam a brigar. Não concordam com a divisão de tarefas. Um deveria vigiar fulaninho, o outro ficar de olho no trapinho. Mas qual dos dois tinha a guarda do trapinho? Os visitantes foram totalmente deixados de lado. Trocam olhares, combinando: se formos embora, vamos todos juntos, hein? Nesse meio-tempo, a mãe foi procurar no lugar mais improvável para um trapinho: a máquina de lavar. Um trapinho assim só se lava uma vez a cada dez anos. O bom e velho fedor de vômito rançoso é o que tranquiliza a criança. É o seu próprio cheiro. Você entende? Ninguém está mais ali para entender o que quer que seja, todos já se foram para comer uma pizza em algum lugar. Só após três horas de reflexão o pai finalmente resolveu a charada. Pela manhã, ao se levantar, ele se distraiu e vestiu a cueca trapinho. Satisfação do papai, preocupação da mamãe: será que o queridinho vai ainda reconhecer o cheiro do trapinho?

Você há de concordar, é preciso erguer uma pirâmide com todos os trapinhos de estimação do país e tacar fogo. Veremos que as crianças não são assim tão apegadas a seus trapinhos de estimação. Pouquíssimas delas vão se jogar nas chamas para recuperar seus pertences. *Amém.*

Morte aos unhas de fome do amor!

Não faz muito tempo que você o/a conhece (sendo esta crônica unissex, peço que a adaptem em função da sua tribo e orientação sexual), mas tem vontade de comê-lo/a e tudo mais o que segue. Deixemos de lado os detalhes: você chegou aos "finalmentes", e tudo, por assim dizer, correu bem. Beijinhozinho na porta, vocês prometem se ver de novo e aí, como um/uma babaca (serve para os dois gêneros), você diz: "Eu te amo". Tremendo erro. Não que as palavras tenham escapado da sua boca, de forma alguma, é realmente o que você quis dizer. Pois agora, depois do que se passou entre vocês e com o pouco que você conhece do/a parceiro/a, deu vontade de sinceramente dizer o que sente. Sua ex e efêmera conquista (porque, depois desse desfecho infeliz, não vai mais vê-la) faz uma cara pior do que se tivesse ouvido você dizer que tem aids e que a camisinha estourou. Depois de uma boa trepada, é melhor dizer: "Vai à merda, imbecil, você trepa como um dois de paus" do que "eu te amo". Quando você diz "eu te amo", o outro ouve: "Quero construir minha vida com você, compartilhar tudo até que o aquecimento global nos separe". "Eu te amo" significa muito mais do que três palavras podem significar. "Eu te amo" é um *pen drive* que contém milhares de páginas de um contrato perverso e cheio de armadilhas, onde tudo vem escrito em cirílico. "Eu te amo" é um compromisso total e definitivo, um pedido de casamento. Não se pode amar nem um instante. Quer dizer, sim, se pode, mas não se deve dizer. Amar implica perpetuidade. Amar é grave. Quem diz "eu te amo" para todo mundo é porque não ama ninguém, pensa o semilegume condicionado por telenovelas a quem você acaba de ingenuamente confessar seus sentimentos.

Você há de concordar, é preciso empalar todos os que administram suas emoções e seus "eu te amo" como se fossem inestimáveis valores da Bolsa. *Amém.*

Morte aos que têm medo da morte!

Tenho medo da morte, não quero morrer e blá-blá-blá... Ah, que pretensão! E por que você não morreria como todo mundo? O que a sua vida tem de tão extraordinário para que você se agarre a ela como um chato nos pentelhos? "Só tem uma", sabemos que só tem uma! E para que mais? Para fazer pela segunda vez as mesmas idiotices que já fez e, no fim, choramingar de novo porque não quer morrer?

Péssimo jogador! Em todo tiro ao alvo de parquinho de diversão, você é do tipo que quer acertar na mosca, senão entra em crise! É preciso crescer, meu velho, e também morrer. Que você tenha medo do momento que precede a morte, até entendo, existem agonias nada engraçadas, mas, com umas boas injeções na bunda, nem se nota. Não teve dor de barriga antes da prova oral do vestibular? Pois é, a morte não deveria assustá-lo mais do que a prova oral do vestibular. E o mais angustiante no vestibular é que a gente pode ser reprovado, enquanto com a morte não há surpresas, passamos sempre. É o salto no desconhecido que tanto te apavora? O vazio não é desconhecido, é apenas vazio. O vazio é... como dizer? Sabe o seu trabalho nos correios? Bom, é parecido, só que menos chato. Além disso, lembre-se, a sua vida veio totalmente grátis. Quando você encontra uma nota de cem euros na rua, rapidamente a embolsa e não diz nada a ninguém. Nesse momento, já não está pensando como vai gastar o dinheiro? Você sabe muito bem que aquela soma não é eterna, e isso não o assusta. Sua vida é essa nota de cem, digamos quinhentos euros, se isso te deixar mais feliz. Além do mais, com relação à vida você nem teve que se abaixar para pegar. Foi sem o menor esforço, seu preguiçoso!

Você há de concordar, é preciso levar ao suicídio quem tem medo da morte, projetando o filme da sua vida, mas apenas naquelas cenas em que se lava a louça. *Amém.*

Parte 2

Morte aos sopradores de folhas secas!

Aquele cara vestido de verde nunca teve um negócio assim tão grande nas mãos! Parece o elefante Babar. Balançando a tromba da esquerda para a direita e depois da direita para a esquerda... Uma tromba com motor térmico de quatro tempos e soprando um vento de 250 km/h. Uma tromba cheirando à gasolina e que faz barulho de cortador de grama. Devagar e meticulosamente ele sopra longe, a dois metros de altura, folhas secas, guimbas de cigarro, poeira, escarros já secos, cocôs de cachorro e embalagens do McDonald's. E o cara tranquilamente segue atrás dessa nuvem de lixo. A missão desse pastor das calçadas é agrupar o seu rebanho de imundícies, formando montinhos. Mas cada movimento da tromba espalha cada vez mais aquilo que nunca será um montinho. E o cara não está nem aí, apenas faz o que o chefe mandou fazer. O serviço municipal de limpeza conseguiu dos vereadores a substituição das antigas e eficazes vassouras por máquinas de soprar barulhentas, poluentes e ineficazes. E esse novo gari tem o mesmo orgulho de qualquer idiota que ganha um brinquedo novo que faz "bruuum". Mesmo depois de ter percebido que a tal máquina não se adapta bem à tarefa. Com todo o escarcéu que faz, ele não passa despercebido e, finalmente, sente que existe. Além disso, é um instrumento sem dúvida viril. Pelo menos tanto quanto uma metralhadora de alto calibre. Em vez de deixar mortos uns caipiras em algum canto do Afeganistão, ele faz bailar a porcariada. Um minicocô de cachorro levanta voo e aterrissa no coque de uma velhota. Mero efeito colateral. Trata-se também de uma guerra. Tão absurda quanto a outra. Uma guerra invencível. O imbecil polui os ouvidos e as narinas da rua inteira, mas o contribuinte que sofre o castigo mesmo assim se sente feliz. Feliz por constatar o que a municipalidade faz com seus impostos. Se antes ninguém ouvia o funcionário varrer, agora pelo menos se tem a prova de que ele trabalha.

Você há de concordar, deve-se enfiar firme uma dessas engenhocas no rabo do prefeito que as comprou, para fazer alguma matéria cinzenta chegar ao cérebro dele. *Amém.*

Morte à mozarela!

Se aliens quisessem invadir a Terra sem que ninguém percebesse, tomariam a forma de fatias de mozarela de búfala. É essa coisa branca, molenga, sem gosto e sem cheiro que povoa os pratos de todos os continentes. Começou como simples mozarela nas pizzarias, as pizzarias contaminaram os restaurantes de beira de praia, em seguida, como aquelas monstruosas diarreias que atacam turistas, se espalhou por tudo o que é lugar vagamente parecido com uma cantina. É só procurar! Na sua salada tem com certeza uma borrachinha branca escondida atrás de um tomate cereja.

(É outra praga, o tomate cereja. Logo mais acertaremos as contas com esse veadinho.) Os entendidos dirão não se tratar da verdadeira mozarela *di bufala italiana che facia la mamma*! Estou cagando para os entendidos. O último ser humano que comeu uma verdadeira mozarela não deixou prova nenhuma por escrito, pois não haviam ainda inventado a escrita. Como é que isso dá certo? Como ninguém joga no meio da rua essas rodelas de tristeza quando elas chegam à mesa? Será por medo da máfia da mozarela? Se você recusar esse chiclete que nem bola faz, será que o falso garçom italiano vai esfaqueá-lo? Não, não se chega a tanto. A mozarela faz sucesso justamente por não ter gosto nenhum. O que não tem personalidade marcada não pode incomodar ninguém. Já que é branco, é limpo. Já que é macio, não cansa os maxilares. É uma tal nulidade que ninguém vai se irritar com isso. De qualquer forma, se você agredir um pedaço de *moza*, como chamam os mais íntimos, toin!, a pancada volta na sua cara. A mozarela, se você quer saber, é um pedaço de nada que se congelou. Tenho certeza de que, se os extraterrestres tiverem o projeto de escravizar a humanidade, eles já devem ter assumido essa roupagem imaculada.

Você há de concordar, é preciso tacar fogo nas fábricas de borracha que produzem mozarela, antes que uma maré branca asfixie o planeta. *Amém*.

Morte às *verrines*!

Os AMIGOS QUE HOJE O convidaram para jantar servem a comida em vidros. Isso mesmo, em copos de vidro. Isso na melhor das hipóteses, pois, às vezes, os copos são de plástico transparente. De um jeito ou de outro, aquilo que você estava acostumado a comer num prato passa a se apresentar num copo. Não, você não está sendo vítima de um trote que marca o seu ingresso numa seita de débeis mentais; há simplesmente alguns imbecis à sua frente que se deixaram levar pela moda das *verrines*. "*Verrines*" foi como um genial pervertido, que ficou bilionário, chamou esses copos em que agora tentam fazer você comer. Está vendendo feito água. Copos de mostarda que custam três centavos foram rebatizados de *verrines* e, agora, custam os olhos da cara. Encontram-se também, nas lojas, livros de receitas "especial *verrines*". Amasse dentro de um pote tudo de comestível que puder e já terá uma ideia do conceito. Caso tenham comprado todo o aparato, seus amigos lhe darão também uma colherzinha ou minigarfo, práticos para alcançar o pedaço de beterraba preso no fundo do estreito recipiente. É mais um lanche do que um jantar. Se não encontrar o que dizer diante dessa aflitiva infantilização, "que original!" ou "que simpático!" basta. É o único comentário que os donos da casa esperam de você. Eles quiseram se mostrar antenados, e será chato se você bancar o *blasé*. Por que a *verrine*? É para "teatralizar suas realizações doces e salgadas", explica um site da internet especializado em venda de *verrines* em poliestireno injetado... Os apreciadores da *verrine* são tão complexados com a própria falta de cultura que procuram, durante todo o jantar, manter a conversa em torno desses utensílios da mesa. Chega a ser comovente. Quer dizer, quase. Você pode tentar estragar a noite pedindo que sirvam sua bebida num prato.

Você há de concordar, é preciso esvaziar de uma só vez o conteúdo da sua *verrine*, para depois arrebentá-la na cabeça desses seus (agora) ex-amigos. *Amém.*

Morte ao mês de janeiro!

QUEM PODE SE GABAR DE ter escapado dos rituais do "feliz Ano-Novo"? Em 31 de dezembro, à meia-noite, é como você cumprimenta quem está ao seu lado na mesa. Ele está bêbado, e a baba com cheiro de ostra com que ele lambuza a sua bochecha dizendo "vamos lá, um beijo!" nem lhe dá nojo. Ele se dirige à outra bochecha e os perdigotos de puro álcool que escapam dos lábios arroxeados fazem arder os seus olhos. É quase agradável. A vista se turva um pouco e aquela cara grande e vermelha fica ligeiramente embaçada. Você, na verdade, está tão bêbado quanto ele. Descobre-se que esse tipo de situação só dá para aguentar de porre e, então, bebe-se. No entanto, é exatamente por causa da bebedeira que se perpetua essa tradição imbecil. Uma tradição que teve início com o primeiro porre do primeiro neandertalense a usar um chapéu pontudo à meia-noite de um 31 de dezembro. O chapéu pontudo daquela época era de sílex, e a dor de cabeça do dia seguinte decorria mais do uso dele que do péssimo champanhe que se fabricava nas cavernas. Mas vamos deixar isso para lá. Quem participa de uma noitada de Ano-Novo tacitamente aceita a regra que obriga à troca de votos de felicidade. Dois dias depois, já quase sóbrio, vai ser mais difícil fazer o mesmo com os colegas de trabalho também já "desalcoolizados". Os beijos são mais rápidos, e os sorrisos, francamente hipócritas. Mas, pronto!, depois passa e você só vai ter que recomeçar esse circo um ano depois... Infelizmente, não é assim! Durante todo o mês de janeiro, alguns chatos vão querer esfregar as bochechas nas suas. Justificando a agressão, eles pronunciam a fórmula que igualmente tenta protegê-los do safanão que você se prepara para dar: "Temos o mês de janeiro todo para nos desejar feliz Ano-Novo". Onde está escrito isso? Em que lei consta esse artigo idiota? Temos o mês de janeiro todo para fugir dessa milícia da felicidade obrigatória, isso sim!

Você há de concordar, é preciso enfiar uma faca de abrir ostras entre os olhos desses babões, acrescentando: "Saúde!". *Amém.*

Morte aos multiplex!

A IMPRESSÃO É QUE embarcamos na série de tevê *O barco do amor*. À entrada do gigantesco multiplex, escravos em uniforme de camareiro rasgam o seu ingresso e desejam boa sessão como se desejassem boa viagem. Nada de lojas de luxo nesse transatlântico, e sim balcões de pipoca. Feita com um milho que cheira a suor de bovino tibetano e vendida a preço de ouro. As balas multicoloridas de plástico imperecível, expostas como em vitrine de joalheria, são iluminadas por *spots* de 12 mil watts. Os refrigerantes são mais caros que champanhe. Os pés se enfiam num carpete que só não é mais espesso que o de um cassino. Tudo preparado para que você se sinta na pele do produtor do filme que está passando. Aliás, se tiver comprado um balde de pipoca, já é mais ou menos como se tivesse produzido o filme. Dois deles já pagam o salário de um James Bond. Fazem com que você espere na antessala. Os escravos de ainda há pouco estão agora dando uma limpeza lá dentro. Os porcalhões da sessão anterior deixaram nos vãos das poltronas pacotes e pacotes de merdas impossíveis de serem digeridas. Mas você, finalmente, pode se aconchegar no macio. Com vinte minutos de propaganda, ninguém mais lembra qual filme veio ver e todos cochilam. Tudo bem. É quando acaba o filme que a coisa complica... Mal começam os créditos finais, as luzes se acendem. Os escravos vestidos de camareiros, com um saco de lixo de trinta litros na mão, reaparecem para impedir que você saia por onde entrou. O rebanho de espectadores sonolentos é convidado a se enfiar por um corredor escuro e estreito fedendo a urina. A cada dez metros, uma porta de vaivém se fecha na sua cara. Você preferiria estar nos esgotos, mas está nos intestinos de concreto da sala de cinema. É por onde os grandes distribuidores defecam a clientela, depois de devorar sua grana. Você acaba saindo pelo cu do cinema, no local em que ficam as latas de lixo. Sente-se um merda. E é um merda.

Você há de concordar, é preciso enfiar os donos de multiplex numa máquina de fazer pipoca e deixá-los lá até que estourem. *Amém.*

Morte a Vuitton!

As bolsas Vuitton, as sacolas Vuitton, os tênis Vuitton, os protetores de tela Vuitton, os bonés Vuitton... Toda essa mixórdia amarronzada, com as letras L e V meio pálidas! É o logotipo mais feio da face da Terra. Ao seu lado, a sigla da União por um Movimento Popular é puro Pissarro e a suástica é puro Rembrandt. Um L e um V obscenos e consanguíneos que trepam um no outro *ad infinitum*... O L e o V de Louis Vuitton, a marca de luxo. Por que luxo? Por ser um luxo raro conseguir convencer velhotas do 16º *arrondissement*, punheteiros do município 93 e turistas chineses de que o auge do glamour é andar com um objeto horrível manchado com esse L e esse V. O grande feito de Louis Vuitton foi tornar o feio um objeto de desejo. Qualquer que seja sua classe social, o babaca quer andar de Louis Vuitton.

Quem anda por aí exibindo uma sacola marcada com o M amarelo do McDonald's? Ninguém. As pessoas gostam de comer merda, mas não a ponto de se gabarem exibindo a sua falta de gosto em matéria de cozinha. Pois muito bem, ostentando um Louis Vuitton, o maluco escancara para o mundo que o luxo dispensa o bom gosto! Se Louis Vuitton lançasse aquele chapéu cônico para alunos burros, uma multidão de orelhas orgulhosamente empinadas logo invadiria a avenida Champs-Élysées. Mas, diga-se, como demonstração do slogan "amigo cliente, estou me lixando para você", Vuitton inclusive já fez melhor do que isso. Existem pochetes Vuitton. Isso mesmo, pochetes! Aquela sacolinha infame que se amarra na cintura e dá a impressão de que a pessoa está com o intestino grosso pendurado do lado de fora. Uma marca que é capaz, sem precisar ameaçar de morte, de convencer seus clientes a sair na rua com uma pochete pode impor o que quiser ao mundo! E os clientes da Vuitton, além de tudo, se sentem pimpões com suas sacolinhas de merda. E as carregam bem na frente. Para esses pobres coitados, a pochete Vuitton é como a grade de proteção contra búfalos dos jipões com tração nas quatro rodas.

Você há de concordar, é preciso marcar com ferro em brasa a testa do diretor da Vuitton com um G e um S, para que ele seja obrigado a explicar que não, Grande Sacana não é uma marca, e sim uma profissão. *Amém.*

Morte aos pais de alunos!

Tudo bem, não se deve deixar que a droga entre na escola. Tudo bem, não se deve deixar que a violência tome conta da escola. Tudo bem, tudo bem, a escola deve se manter como templo sagrado, acolchoado de amor e forrado de inteligência, mesmo que nunca tenha sido. Mas, então, por que permitir aos pais de alunos virem reclamar nos corredores das escolas? Por que, aliás, deixar que se aproximem das grades dos estabelecimentos de ensino? Por que não eliminar francamente esses vermes que só conseguem justificar a própria existência com o lamentável resultado de suas cópulas depressivas? Os pais de alunos não são apenas parasitas dos próprios filhos, são também parasitas da

Educação Nacional. Insetos xilófagos podem destruir uma escola. Já os pais de alunos destroem a instituição. Sob o pretexto de que a criança traz em si pedaços de seu DNA, os pais de alunos acham que podem se meter em tudo o que, de perto ou de longe, tem a ver com a progenitura. E sua única prova de competência em matéria de educação é ter conseguido procriar. Só porque um espermatozoide foi parar excepcionalmente num óvulo, e não num lenço de papel, o pai de aluno se torna onisciente. É capaz de reescrever os programas escolares, ensinar pedagogia aos professores, compor o cardápio do refeitório, decidir quanto às excursões em grupo, resolver que determinada matéria é mais importante que outra e resmungar contra as aulas das tardes de sexta-feira para poder viajar no fim de semana com o pimpolho. Assim que um pai de aluno abre a boca, é para soltar perdigotos cheios dos mais nojentos lugares-comuns contra a educação. Lamenta que os professores tenham perdido a autoridade sobre o pivete que ele próprio não soube criar, mas toma de assalto o Tribunal Europeu dos Direitos Humanos se um deles der um cascudo no gnomo obeso que ele gerou.

Você há de concordar, é preciso abrir colhões e úteros de todos os pais de alunos, para enfiar de volta, à força, o que nunca deveria ter saído. *Amém.*

Morte às pessoas que esperam suas bagagens no aeroporto!

IMAGINEM CÃES DE CAÇA. Uma matilha deles de tocaia diante da esteira rolante que, lentamente demais, vomita as bagagens. Os olhos inchados de uma noite maldormida no avião racharam toda a remela ressecada. Todos têm o olhar desvairado dos parisienses da margem esquerda do Sena quando estão muito cheirados. Não piscam. O menor descuido e podem perder a preciosa mala. De repente, um deles se lança com fúria contra um enorme saco azul. Grande demais, o saco. Ele não consegue tirá-lo da esteira, que continua seu caminho. A presa é pesada demais para aqueles músculos atrofiados de contador aposentado. Ele empurra outros cães de bermudas, que nem reclamam. Pois é este o raro momento em que se pode fazer qualquer coisa com um turista sem que ele abra logo o repertório de reclamações. Pois ninguém pode se desconcentrar da esteira que corre. Vai que se perde a mala que passa! Como ir à piscina sem seus chinelos de dedo? E os cotonetes do *nécessaire* de toalete? Vai saber se existem cotonetes em Santo Domingo! É possível que não. E mesmo que existam, dificilmente estarão dentro das normas da Comunidade Europeia. O sujeito acaba largando o sacão azul. Descobriu que não era o seu. Foi vítima de uma alucinação. É típico: o turista espera tanto pegar logo a sua bagagem que a vê em todo lugar. Pode ser que em vez de um saco grande e azul ele, na verdade, tenha uma maleta vermelha. Cheio de desprezo, ele devolve à esteira o sacão azul, como se fosse uma puta de três dólares que estivesse pedindo um a mais. No final das contas, pegar a bagagem será o momento das férias que lhe terá parecido mais intenso. Mais até do que quando descobriu que "turista" é como chamam a diarreia que acomete os europeus não acostumados com a comida exótica, e não uma dança folclórica.

Você há de concordar, é preciso fazer os turistas viajarem no compartimento das bagagens para que nunca as percam de vista. *Amém*.

Morte aos shows!

Todos os shows se parecem. O público se agita, a cerveja transborda, berra-se o nome do grupo que demora a entrar em cena. De repente, os projetores espalham um calor digno da bomba de Hiroshima. Um grito, um êxtase: os projetores mostram o grupo no palco. O líder vai ao microfone e grita: "Como vai, Paris?". (Estamos em Paris.) A multidão muge alguma coisa com entusiasmo. Provavelmente um "beeeem". O outro repete: "Como vai, Paris?". Mesma reação. Isso dura certo tempo, é um saco. "Como vai, Paris?" As coisas iriam bem, otário, se fizesse o que foi pago para fazer! Cala a boca e canta! "Como vai, Paris?" Parece que estamos numa colônia de férias, quando o monitor nos faz cantar um refrão imbecil de marcha. Sabe, essas marchas feitas para que a gente esqueça que tem pés e, afinal, nos fazem esquecer que temos cérebro, que estamos no verão e a vida é bela. "Como vai, Paris?" Não, tem alguma coisa errada. Provavelmente o cantor começa a perceber que a metade do público espera que um *spot* se solte e lhe rache a cabeça. Ele então canta. Mas assim que acaba o primeiro número: "Como vai, Paris?". A coisa se repete até o fim do show. Deixa de ser um concerto, é uma punição. Que diferença faz para o cara como vamos em Paris? Por acaso o palhaço é médico? Se forem retirados todos os "como vai, Paris?" de um show, o espetáculo dura quinze minutos. Pagam-se trinta, sessenta, oitenta euros, às vezes mais, para ouvir um cantor de rap ou de rock repisar algo que nem é invenção dele. Aliás, a quem os órgãos de arrecadação de direitos autorais pagam pelo uso de "como vai, Paris?"? O primeiro espertinho que registrar "como vai, Paris?" vai ganhar *bollocks* de ouro. Mas estão me dizendo que o Elton John é quem tem os direitos de "como vai, Paris?". O que, enfim, explica a sua fortuna.

Você há de concordar, é preciso que torturadores da CIA interroguem até a morte cantores sem imaginação para saber se eles vão bem. *Amém*.

Morte às "maçãs no ar"!

Quantas vezes já não foi dito que os *chefs* de restaurante só deviam se dedicar à cozinha? Deem-nos de comer, de comer bem, mas, por favor, não se metam a falar de política, nem da decoração da birosca, nem de escolher pintores de meia-tigela que alegrem as paredes. Tenham dó, sirvam uma gororoba que possamos digerir e já vamos estar satisfeitos. Mas o cara do restaurante é incorrigível. Ser o poeta da dobradinha já não é o bastante, ele quer ser o baudelaire dos cardápios. Por exemplo, não quer mais escrever no papel engordurado do menu que o chouriço vem servido com maçãs. Não. Prefere dizer que o chouriço se faz acompanhar por pomos no ar... Pomos no ar? Isso mesmo, maçãs, ora bolas! Maçãs são pomos e dão em árvore, ou seja, ficam no ar. Muito justo. Corria-se o risco de os franceses confundirem a maçã com quais outros pomos? As batatas, que em francês são *pomes de terre*! Veja só, nada mau, e em vez de dizer batatas, ou pomos da terra, por que não dizer pomos na terra? O achado poético permite um bom aumento dos preços. Encontram-se maçãs em qualquer lugar, mas pomos no ar só se encontram no cardápio do pretensioso traficante de colesterol. E ele tem que ser pago por isso. Há uma variante um pouco menos nhe-nhe-nhem do pomo no ar, que é o pomo-fruta... Como se sabe, não havendo precisão, os comensais costumam perguntar se o pomo em questão é a fruta ou o tubérculo. Mas e a pera, a boa e bobalhona pera, não se deve esclarecer a clientela de que se trata de uma pera no ar e não a pera usada para inflar o esfigmomanômetro? Sabe por que o McDonald's é tão popular? Porque o vendedor não ganha o bastante para fazer o esforço de nos tomar por imbecis. Ele nunca vai chamar seus sanduíches de hambúrguer-carne. Todos sabem que há um só tipo de hambúrguer, o de carniça.

Você há de concordar, é preciso enforcar o *chef* metido a besta no galho mais alto de uma macieira para que se possa dizer, vendo-o ali: "Olha só, um babaca no ar!", *Amém*.

Morte às malas com rodinhas!

Se os turistas paralisados pelas greves dos meios de transporte pusessem tanta energia para reclamar do barulho insuportável que fazem as rodinhas da sua bagagem quanto para xingar os grevistas, o mundo seria melhor. Eles protestam porque pagaram passagens e não podem viajar. Se o avião ou trem que deve levá-los para poluir um litoral qualquer não partir, eles rolam no chão em desespero até serem reembolsados. E são. Por que não fazem o mesmo com o bandido que lhes vendeu essas porcarias de malas? As rodinhas da mala nas calçadas fazem mais barulho do que um avião decolando. Tem-se a impressão de que o plástico com que são feitas as rodinhas foi especialmente inventado para irritar o maior número possível de pessoas. O único que parece não notar é o dono da mala com rodinhas. Os barulhos são como os peidos: o autor suporta bem melhor o fedor. Quanto menor a mala, maior o ruído. Basta olhar o bobalhão que puxa uma sacola de rodinhas. Não poderia carregá-la? Não, carregar bagagem, por mais leve que seja, agora é cafona. O chique é o menor esforço. Escada rolante e não escada, táxi e não bicicleta, *sex toy* e não masturbação. E tudo bem se tudo isso traz mais inconvenientes do que vantagens. O luxo é comprar por três tostões uma mala completamente idiota, fabricada por escravos chineses, que dilacera os ouvidos e aniquila os tímpanos. Ando por aí carregando minha bagagem barulhenta, entre escarros e cocôs de cachorro, orgulhoso de mostrar que tenho dinheiro para sair de férias! Mas, se quiser mesmo arrasar nas férias com sua mala de rodinhas, faça por onde: compre do seu dono o escravo chinês que aparafusou as rodinhas na mala e coloque-as nele!

Você há de concordar, é preciso arrastar os turistas pelos cabelos para ver se rangem mais do que as excrescências de plástico das suas malas de merda. *Amém*.

Morte aos vidros fumês!

As pessoas que usam óculos escuros a qualquer hora do dia para ter um ar misterioso têm carros. Carros com vidros fumês. E se, além disso, o carro for preto, pode ser que não estejamos diante de um Twingo, e sim de uma muçulmana obesa com uma burca. O que se esconde por trás das curvas metálicas do automóvel? Qual intimidade os vidros Ray-Ban ocultam? Se o pedestre que passa ao lado visse as formas apetitosas dos sensuais bancos de couro, teria uma vontade incontrolável de se masturbar no tanque de gasolina... É isso? Imaginar que todo mundo deseja o que ele tem é provavelmente o que excita o dono desse carro. E, aliás, não se engana o *man in black*, olham bem mais o seu brinquedo que o dos outros. "Basta ver toda essa gentalha que franze os olhos, tentando enxergar dentro da minha máquina!" Como dizer ao palhaço que não é para dentro do seu fom-fom que o transeunte olha, é somente o seu próprio reflexo no vidro. Os vidros fumês dão um ótimo espelho. A mulher que passa a mão nos cabelos de olho no carro não está tentando atrair o invisível astro do *show business* que se esconde no banco de trás, ela apenas se penteia. O adolescente que quase encosta o nariz oleoso no vidro não está de olho na *top model* famosa, mas nas próprias espinhas. E o idiota atrás do volante acaba acreditando no filme que ele projeta na sala vazia da sua cabeça: está transportando uma estrela, ele mesmo é uma estrela, e o carro, um estojo que protege a sua vida privada de famoso perseguido pela imprensa e assediado pelo público. Ninguém verá que no banco de trás só tem mesmo as migalhas do sanduíche que ele comeu ao meio-dia. (É, aliás, só o que ele vai conseguir comer no seu carro de merda.) Só mesmo os ladrões para imaginar que esses automóveis cegos escondem tesouros. Por isso é que eles são mais frequentemente arrombados que os demais. Em vez de o idiota ficar chateado, ele se consola com a ideia de que é importante. Isso pode, inclusive, originar uma tendência paranoica, da qual seu ego vai se alimentar para inchar ainda mais.

Você há de concordar, é preciso murar os olhos desses punheteiros com tijolos. Pelo menos assim eles serão notados pelo motivo certo. *Amém.*

Morte ao 3D!

PARA QUE SERVE A INVENÇÃO fajuta do cinema 3D? Só para justificar o aumento de preço dos ingressos. Nada mais. O que você vai ver em três dimensões é o preço da entrada! Desculpem, esqueci: outra coisa que aumentou foi o valor das ações das empresas chinesas que fabricam os óculos de plástico distribuídos no saguão. Um euro, o brinquedinho! Esse par de lentes miraculosas que esmaecem e obscurecem as cores do filme deve ter um custo de produção de 0,0000003 centavo. Não se queixe caso uma mancha cinzenta cubra o filme, é o preço a ser pago pelo prazer do 3D! A história é sem graça e triste, é verdade, mas o trabuco do panaca que se movimenta na tela você vê enorme e em relevo! Relevo das imagens para que esqueçamos a platitude do roteiro. Não funciona. Nada funciona. O roteiro é uma nulidade e o efeito 3D, inexistente. Sem falar do desenho animado, que consegue ser ainda mais chato em 3D que em 2D! Os únicos que sabem utilizar bem o 3D são os diretores dos anúncios que passam antes da porcaria pela qual você pagou. Eles, sim, acertaram! Não há mais criatividade do que na publicidade normal, mas pelo menos tecnicamente souberam explorar melhor o 3D. O 3D enche salas escuras de cegos de óculos escuros que só aguardam uma coisa, o final do filme, para recuperar a visão. Quanto tempo a picaretagem do 3D ainda vai durar? Quantas decepções serão necessárias aos espectadores para que se deem conta de que não vão ver nada além de imagens pastosas em relevo? É fácil reconhecer a vítima do 3D indo à sua casa: um, dois, três pares de óculos 3D se empoeiram em cima do móvel à entrada. Ele não quer jogar fora a prova da sua ingenuidade. Óculos, mesmo óculos que não servem para nada, não se jogam fora. Podem ser dados para o garotinho do andar de cima brincar.

Você há de concordar, é preciso enfiar uma bengala branca em cada olho dos produtores que obrigam diretores a fazer filmes 3D. *Amém.*

Morte aos termômetros!

As AGÊNCIAS DE CLASSIFICAÇÃO de risco financeiro que querem dirigir o mundo à base de triplos A não são dirigidas apenas por triplos idiotas. Quer dizer, são sim. Mas os triplos idiotas que dirigem as agências de classificação são também grandes sovinas. Que consigam ser regiamente pagos por chefes de Estado masoquistas que adoram ter suas notas degradadas em público, tudo bem. Mas para onde vai o dinheiro? Não para a propaganda da empresa, certamente. Os defensores das agências de classificação que dão show na mídia têm uma única e miserável frase contra os que criticam a legitimidade das Moody's e Standard & Poor's da vida: "Vocês vão quebrar o termômetro!". Quanto as agências de classificação pagaram ao comunicólogo para inventar um slogan tão simplório? Sejamos claros: se um publicitário que tem um cérebro conseguisse nos convencer de que as agências de classificação são termômetros, faríamos um auê para que se quebrassem esses instrumentos de medida da temperatura no seu rabo sujo de vendedores de lorotas. Por princípio. Mas nunca será preciso fazer algo assim. Acontece que as agências de classificação não são termômetros que indicam febres e, com isso, a presença de uma doença: elas são a doença. Não são termômetros plantados no reto de países endividados até os ossos, são os canos das armas que cretinos cínicos pregam na têmpora de povos arruinados por seus governantes. Não é com um termômetro que os bancos assaltam os Estados! Veja só, quem se atreveria a dizer que um estuprador em série não representa um perigo para a sociedade? Ora, nããão, ele não é um perigo, é só um sintoma... Mais exatamente, senhoras e senhores jurados, um estuprador em série é apenas um termômetro! Revela um mal-estar! Deixem-no cumprir seu trabalho de termômetro! Tirem as moças do caminho!

Os fascistoides da Frente Nacional vêm regularmente com esse golpe do termômetro. A FN não é o problema, ela apenas revela o problema. É verdade! A FN não é o taco de beisebol que vai estourar os joelhos da democracia, é apenas um termômetro a dizer que a democracia não deve aceitar o voto dos imigrantes, se não quiser piorar seu estado... Viu só em que mãos está o termômetro? E reparou na cara da enfermeira? Parabéns ao salafrário que conseguiu vender o mesmo termômetro fajuto para as agências de classificação e para a Frente Nacional. Sem nem desinfetá-lo.

Você há de concordar, é preciso tomar a temperatura de um chefão de agência de classificação com um ferro de soldar aquecido ao máximo. *Amém.*

Morte às trufas!

Para fazer um cão ficar de pé nas patas traseiras, segure um torrão de açúcar em cima do focinho dele. Você não sabe cozinhar, mas tem grana: invista em trufas. A trufa é o que há de mais eficiente do mundo como pega-trouxas! Isso mesmo, mais que a coca. Num jantar na cidade, hoje em dia, todo mundo tem pelo menos um grama de coca escondido na cueca. São mais raros os que têm uma trufa no bolso. Para agitar a noitada, em vez de apresentar um canudinho, apresente um raspadorzinho de trufas. E nem é preciso que doze pessoas fiquem trancadas no banheiro para uma carreirinha de trufa! A trufa é para se mostrar, para ser exibida! Qualquer carniça em decomposição, qualquer legume pego na xepa, qualquer resto de queijo mofado vai se tornar um quitute fino e requintado se for coberto por lasquinhas de trufa. Uma só lasquinha de repente já basta. Uma lasquinha mais fina que uma camisinha em polisopreno já enlouquece uma mesa de imbecis. Não chega a ser um problema se a infeliz fatiazinha de cogumelo tiver o mesmo gosto que o preservativo dado como exemplo (antes de ser usado, é claro). Faça a experiência: diga aos convidados que servirá caldo de merda como entrada e eles vão quebrar os pratos na sua cabeça, preferindo ir comer a esponja de carne do McDonald's. Ou anuncie com ar de mistério que terão caldo de merda *aux truffes* como entrada, e os gritos gerais de alegria vão acordar os vizinhos. Ouse um *émincé* de claras de ovo com farelo crocante e trufa como prato principal e será carregado em triunfo! Cavalheiro, sua recente conquista alega que a felação lhe causa aftas? Uma salpicada de trufa no membro e a gulosa ou o guloso o devorará com entusiasmo! Madame, sua recente conquista alega que a cunilíngua lhe causa sangramento nas gengivas? Trufa no clitóris e terá início uma grande *night party*!

Você há de concordar, a trufa é o sinal ostensivo do emergente sem talento, e é preciso raspá-lo grosseiramente em cima de um monte de lixo. *Amém.*

Morte a Marrakesh!

Caso o seu sonho seja visitar os bastidores dos meios de comunicação parisienses, nem precisa fingir que é avião trazendo coca. Vá a Marrakesh. É onde são escritos os editoriais – a maioria deles – publicados na imprensa francesa. É onde se elaboram os novos projetos de volta das férias para a televisão e o rádio, é onde o produtor de um programa de merda vai buscar o/a bosta que o apresentará. É onde, também, jornalistas políticos vão para a cama com seus instrumentos de trabalho, onde filósofos milionários e seus companheiros, os vendedores de armas bilionários, compram midiáticos corruptos que lhes tecerão elogios em todos os canais. Em Marrakesh não é tão barato assim pôr um jornalista parisiense no bolso: um cuscuz de carne e um convite para um mergulhinho na piscina. Resumindo, os jornalistas se dão as mãos em Marrakesh. Por exemplo, na tevê, depois de terminar um programa de debate político, você sabe do que falam, longe do microfone, os participantes que pouco antes se dilaceravam? Do próximo fim de semana em Marrakesh. Sei disso porque vi. Tente se integrar no mundo da mídia depois de passar as férias no norte da Bretanha! Não que insultem você, nada disso, apenas não o veem. Para conseguir a direção de um canal, é preciso saber de cor o verbete Marrakesh do *Guide du routard*, que é a bíblia do turista descolado. No Banco Imobiliário da corrupção, é por Marrakesh que se deve passar para chegar a 20 mil.

Não é tão difícil assim ser corrupto, até eu conseguiria: um tapinha na barriga, um dedo no cu e pronto, é seu o cargo de diretor de redação do *France-Soir* (ai, por favor, *France-Soir* não!). Mas por que Marrakesh? É uma meeeeerda Marrakesh! Todos os babacas voltando de Marrakesh dizem maravilhas da famosa praça Jemaa el-Fna, como se falassem do rabo da Sophie Marceau. A praça Jemaa el-Fna parece um estacionamento, e nem se pode estacionar o carro lá. Neurastênicos exibindo serpentes, gigolôs de macacos e vendedores de laranjada diarreica é que dominam a praça. O mercado árabe? Quer ver o mercado árabe? Vá ao de Montreuil, não é tão longe, não é tão caro, não é tão triste, e tem os preços marcados. De qualquer forma, não é ao mercado que nossos amigos jornalistas vão. Não saem do hotel novinho em folha. Para que sair? O bairro antigo de Marrakesh transpira miséria, uma miséria pintada de *kitsch* pela municipalidade. A miséria fica tão mais bonitinha sob o sol... Já o bairro moderno de Marrakesh parece o subúrbio de Cergy-Pontoise. É preciso dizer que foi construído por escroques das firmas imobiliárias para aposentados franceses da Educação. Realmente, não tem por que um jornalista correr o risco de cair em depressão andando pelas ruas dessa lixeira para turistas. Além disso, o minibar do quarto de hotel transborda de putas de 16 anos. Quando a tinta entope a pena da sua Montblanc e ele não sabe mais o que escrever sobre o perigo das revoluções árabes mal compreendidas por povos imaturos, uma escrava sexual o balança um pouco e a coisa retoma seu ritmo.

Você há de concordar, é preciso esperar um fim de semana e arrasar Marrakesh de cima a baixo. Serão dois coelhos com uma só cajadada: livra-se a humanidade desse atrativo para idiotas e a mídia francesa de seus vermes fraternais. *Amém.*

Morte aos trens que chegam no horário!

Por que os franceses detestam a companhia ferroviária, a SNCF, em vez de detestar os que a vandalizam? Provavelmente por ser mais fácil reclamar do trem que atrasa que dos imbecis causadores de problemas. Assim como é mais fácil soltar o verbo contra o cara do guichê solitário diante da ira popular do que pedir a pele dos imbecis que acabaram com os cargos dos colegas do cara do guichê. O trem que não chega e o funcionário dentro da sua redoma de vidro estão, é claro, mais perto dos usuários que andam de um lado para outro na plataforma do que os imbecis que votaram pelo desmantelamento da SNCF. Esse último tipo de imbecil sobrevoa de avião o caos do serviço público, e por isso você nunca vai encontrá-lo numa estação de trem. O cliente frustrado vai contra quem está ao alcance da mão. A SNCF, apesar de consciente de que os sucessivos governos a vêm cortando em pedacinhos, comunica. Não comunica para denunciar os imbecis supracitados, anunciando nomes e endereços nos painéis indicativos. Não comunica distribuindo nas estações cópias de artigos das leis europeias que levam à morte o serviço público. Comunica avisando que os trens daquele horário vão chegar... no horário previsto. Não, não é brincadeira. Prestem atenção. O controlador-chefe do trem de alta velocidade, prestes a entrar na estação no horário inscrito nas passagens, avisa que o trem número tal vai entrar na estação de tal cidade "no horário". O mesmo se repete em algumas linhas do subúrbio. A voz do maquinista range em alto-falantes velhíssimos para anunciar que o trem de Pontoise vai entrar na estação norte de Paris "no horário". Tais avisos chegam a alegrar o viajante? Não. Que o trem chegue na hora certa, de início, é o que todo mundo espera. Sublinhar a coisa como se fosse algo extraordinário é bisonho. O viajante só pode mesmo pensar: "Cara, que sorte, da próxima vez posso ter que passar a noite em algum fim de mundo". Maquinistas e controladores de trens deveriam deixar de insistir tanto no milagre que é o trem chegar na hora. É algo que institui o atraso como norma. Mas, no fundo, não é o que quer a direção da SNCF? Vamos banalizar o atraso e tornar coisa rara o trem no horário certo. A direção da SNCF, não tendo coragem de se rebelar contra os que a estrangulam, prefere condicionar o viajante de forma a que ele aceite os atrasos. *Fatalitas*!

Você há de concordar, é preciso prender a cabeça do inventor do "trem que chega no horário" no trilho da linha de metrô que vai para a periferia de Paris na hora do rush. *Amém.*

Morte aos *gourmets* étnicos!

Noite de sábado. É o momento mais difícil da semana. O momento em que a gente queima todo o crédito telefônico decidindo com os amigos onde será o jantar. As negociações em torno da escolha do restaurante são tão demoradas que o jantar da noite de sábado está em vias de se transformar em refeição de meio-dia de domingo. Quando afinal todos os alérgicos, vegetarianos, veganos, carnívoros, insetívoros e comedores de melecas entram em acordo quanto ao lugar, há sempre quem venha deitar tudo por terra. Depois que a maioria democraticamente decidiu ir comer num japonês, o chato da turma (que paradoxalmente não sofre de intolerância nenhuma nem é adepto de nenhuma dieta em particular) apresenta um senão: "Tudo bem, mas o japa de lá não é um japa de verdade". Como assim, o japonês não é um japonês de verdade? No letreiro está escrito "restaurante japonês" e o cardápio só traz pratos japoneses... "Pode ser, mas os donos do restaurante não são japoneses." E daí? "São chineses..." E daí? E daí que, é notório, chineses são incapazes de fazer culinária japonesa. Mesmo quando fazem comida chinesa, ninguém tem certeza de que seja realmente chinesa... Quer uma prova disso? Já viu chineses comendo em restaurante chinês? Já viu? Já viu? Esse tipo de discussão aconteceria se a escolha do grupo tivesse sido por uma creperia? Nunca! Voz alguma se ergueria para dizer que a creperia bretã é de gente da Picardia. O único problema da creperia é que um dos amigos é alérgico a glúten. E o tex-mex? Por acaso é de filhos ilegítimos de texanos e mexicanos? Não, os donos são bretões. Fora o fato de que algum de nós já teve uma urticária por ter comido um guacamole, ninguém questiona a capacidade dos cozinheiros bretões de condimentar os tacos. Só os chineses despertam desconfiança. Um boteco que serve tacos e é de um belga? Ninguém acha errado. E, se a sangria for infame, simplesmente se dirá que a sangria é infame, sem insistir no fato de que não poderia deixar de ser infame, já que feita por um belga. Um pé-sujo corso de um argelino? Pede-se *saucisson d'âne* de olhos fechados (exceto um de nós, cuja religião proíbe que se comam asnos). Numa pizzaria de indianos, a *mozzarella di buffala* foi substituída por um queijo da marca francesa A vaca que ri. Pode surpreender, mas o resultado não é nada mau... Já está na hora, para aqueles que reparam na nacionalidade dos que nos preparam sushis, de se darem conta de que 95% dos cozinheiros escravizados nos restaurantes são paquistaneses. E isso qualquer que seja a especialidade anunciada na fachada.

Você há de concordar, o racista antichinês deve ser talhado em finas lasquinhas e vendido como sushi de atum vermelho no cardápio de um restaurante regional do Périgord. *Amém*.

Morte aos escroques do politicamente incorreto!

Os TACANHOS, OS REAÇAS, os chatos de direita têm uma fórmula mágica para calar quem os contradiz: "O senhor é politicamente correto!". Chama-se de politicamente correto quem é travado, medroso, conformista. Chega a ser engraçado. Os que ontem faziam reinar a censura na França agora se apresentam como ferrenhos inimigos do politicamente correto. A atual direita, que ainda detém todas as chaves do poder (e que na verdade nunca, desde a aurora dos tempos, as deixou de lado nem para ir fazer pipi), tenta nos convencer de que se situa no campo dos rebeldes, dos progressistas, apontando a opressão do politicamente correto. "Não se pode mais dizer nada!", choramingam os ministros toda vez que alguém lhes enfia debaixo do nariz o argumento fascistoide. "Não se pode mais dizer nada", e isso abre uma oportunidade para nos forçar a ouvir todas as suas cretinices. Ficou sem dúvida mais difícil para os racistas "dizer tudo" desde a votação da lei Gayssot, contra todo tipo de xenofobia. Mas isso impede que o governo tenha uma política racista? De forma alguma. Impede que a Frente Nacional tenha altos índices nas pesquisas de opinião? Também não. Mas ser racista ou instrumentalizar o racismo não basta para a direita. Ela não quer simplesmente ter uma política racista, quer também que não a critiquem por isso. Espera que uma boa gargalhada sancione suas ações medonhas. É como com os bichas. Não se pode mais insultá-los publicamente sem ser malvisto... Ontem ainda o bicha da família ficava de boca calada quando, na mesa, diziam cobras e lagartos da bicharada. Agora que o bicha ousa responder ao tio Marcel e mandar ele se foder, dizem que está certo. Se a homossexualidade tivesse se tornado politicamente correta, há muito tempo os homossexuais teriam direito de se casar e de adotar crianças. E defender a aposentadoria aos sessenta anos obviamente é correto politicamente! No entanto, nunca teremos de volta a aposentadoria aos sessenta anos. Nunca! Pode-se ver a delirante influência do politicamente correto... O politicamente correto domina o mundo! Querer mostrar que o oprimido é o opressor e que o sem-poder é quem a todos monopoliza é a tática de quem se diz politicamente incorreto. O escroque do politicamente incorreto não sacode a ordem reinante, ele é a encarnação da ordem!

Você há de concordar, é preciso guilhotinar o politicamente incorreto logo depois de explicar a ele que se revoltar contra a pena de morte é realmente uma criancice. *Amém.*

Morte às salas de teatro "bonitinhas"!

Os SUPOSTOS TALIBÃS QUE os Estados Unidos trancafiaram em Guantánamo foram, ao que parece, vítimas de tortura. Ah! Ah! Mesmo que a lista das humilhações impostas seja bastante longa, falta a mais cruel. Ninguém até agora obrigou aqueles barbudos a assistir a uma peça num lindo teatro à italiana... Ninguém obrigou os prisioneiros de macacão abóbora a permanecer longas horas com os joelhos enfiados nas narinas. Esse teatrinho à italiana é formidável, os detalhes em dourado saltam à vista, as pinturas do teto encantam a alma, mas... é um teatro que não foi feito para seres humanos. Simplesmente não tem boas dimensões. Provavelmente foi construído para bonecas Barbie de filhos de bilionários excêntricos. Apenas Ken poderia ajeitar as pernas naquele camarote de oitenta euros. Camarote em que o sádico proprietário do lindo teatro acha que dá para enfiar quatro adultos de estatura mediana que se alimentam normalmente... Algumas peças podem causar enxaqueca, mas a intensidade da dor em nada se compara à que provoca uma poltrona de teatro. Não, o teatro não provoca dor de cabeça, e sim dor na bunda! O veludo grená das poltronas esconde sacos de parafusos e porcas. O teatro é subvencionado pelas lojas de materiais de construção Bricorama! E as pernas, a gente enfia onde as pernas? Só homens-tronco podem passar seus tocos de perna entre a sua poltrona e a da frente. Mas, infelizmente, a sala em questão não tem rampas de acesso para mutilados de guerra. A representação dos atores não deixa lembrança alguma para o espectador; a câimbra na batata da perna provocada pela mureta do camarote, sim. No entanto, ao final do espetáculo, será a peça que ninguém viu que todo mundo comentará. Enquanto os espectadores que tentaram transformar em bonsais se dirigem à saída como zumbis recém-operados da bacia, não se ouvem reclamações contra a tortura por que acabam de passar. Não fica bem. A cultura encanta o espírito e não pode causar sofrimento ao corpo. Seria uma vulgaridade dizer o contrário. Os gângsteres que administram as salas de teatro conseguiram convencer suas vítimas de que a bunda não se comunica com o cérebro. E dá certo. Nas revistas de cultura, o crítico dirá que tal peça é genial e tal outra, uma nulidade, mas não que nesse ou naquele teatro é impossível para o espectador de constituição normal se equilibrar numa só nádega por duas horas sem enlouquecer. São todos uns vendidos, os críticos!

Você há de concordar, é preciso amputar o rabo dos administradores dos teatros bonitinhos e enxertá-lo nas suas cabeças. *Amém.*

Morte aos trotes que acabam mal!

Trotes são proibidos por lei. Desde 1998, são um delito. Até essa data, o rabo de cada francês podia ser entregue à confraria dos cabos de vassoura. Antes de serem integrados ao seio do magnífico Corpo de Bombeiros, de uma importante escola de engenharia ou de um clube de bolinha de gude de Lyon, os veteranos (são chamados veteranos os membros de um grupo que tiveram tempo para deixar que o ânus cicatrizasse) se vingam nos calouros das sevícias que tiveram que aceitar dos que, até então, eram mais antigos. O humilhado que se desforra num inocente se põe no nível do pervertido que o humilhou. É o princípio do trote. O trote, ao que dizem, tinha o mérito de consolidar o grupo. A babaquice regada a maldade era um cimento de pegada rápida. Mas o ritual escroto que transformava o jovem em velho nazista safado foi abolido... Será que não teremos mais velhos nazistas safados como os que fabricavam as grandes escolas? Teremos. Estão sendo agora formados nos "fins de semana de integração". Qual a diferença entre um fim de semana de integração e o trote? O nome. Em tudo mais, você sai de um fim de semana de integração com tanta vaselina no pau quanto de um trote. O fim de semana de integração é, então, um trote, e o trote é proibido por lei. Quando uma rara – mas corajosa – vítima de trote resolve denunciar seus torturadores e, consequentemente, jogar para o alto toda a sua vida profissional, o jornalista que narra os fatos não consegue deixar de mencionar que é "um trote que acabou mal". É o tipo de cretino que deve ter saído de uma faculdade de jornalismo em que o trote continuava em vigor. (Lembremos que a vida de um jornalista é, frequentemente, um longo trote.

Para continuar a aparecer na telinha, ele tem que chupar o pau do chefe, enquanto baba o ovo dos políticos que entrevista...) Esse cretino, então, insinua haver trotes que acabam bem. No entanto, não há trotes bons ou maus, todos os trotes são proibidos por lei. Como um delito poderia acabar a favor da vítima? "Tudo bem", acha o jornalista, "mas enfiar uma garrafa no traseiro de uma jovem colega não é a mesma coisa que quebrar ovos na sua cabeça." De fato, ser enrabado contra a vontade não é só um trote, é também um estupro. E ganhar uma lavagem de cabelo contra a vontade constitui apenas um delito. Um trote que acaba mal seria então um delito que se torna crime... Há sutilezas que se perdem. Lagartas que, com um sorriso, aceitam o trote não se transformam em borboletas como garantem os carrascos. Continuarão lagartas que aceitam a arbitrariedade, a estupidez, a injustiça e o sofrimento. É esta a finalidade do trote. Não se trata de um ritual iniciático que ajuda o aluno a se emancipar de seu superior; trata-se de um ritual pelo qual ele aceita se tornar vassalo da ordem estabelecida. O trote é o comprometimento para que nada, nunca, mude.

Você há de concordar, é preciso enfiar bem fundo, e sem qualquer ajuda de substâncias lubrificantes, o diploma de jornalismo no cu de quem ousa dizer que um trote "acabou mal". E isso não é um trote, é uma sentença. *Amém.*

Morte ao "não cedemos nada"!

É CHATO CHEGAR A ISSO, mas não dá mais... Como participar de protestos sindicais, de passeatas de militantes de esquerda, de *meetings* políticos revolucionários, sabendo que não será possível deixar de ouvir soletrada, berrada, cantada a frase idiota. "Não cedemos nada", vomita a aparelhagem de som... "Não cedemos nada" em todos os tons. O resumo dos discursos inflamados que acabamos de ouvir? "Não cedemos nada." Como grandes lutas podem vir acompanhadas de slogans tão imbecis? O que vejo quando ouço "não cedemos nada"? Um cão cujo dono não consegue tirar o toco de pau que ele prende com os dentes. E quanto mais o dono puxa, mais o cachorro tranca, firme, os maxilares. Somos o cachorro. Não queremos entregar aquilo que a direita ainda não nos roubou. Não queremos entregar as últimas conquistas que os socialistas no poder não cederam ao índice CAC 40 da Bolsa. Cerramos nos dentes os avanços sociais de 1936 e de 1981 que não foram mutilados... Tanto "cedemos" nos últimos anos que o slogan "não cedemos nada" nem é um slogan de luta. É um slogan de sitiados esfarrapados que não querem que lhes tirem o último pedaço de pão. Não é um slogan que faça tremer o capital, é um slogan que dá pena. Sobrou apenas a cueca, mas vocês não vão ficar com ela, olê-olá! É, isso vai realmente aterrorizar o adversário. "Não cedemos nada" me desanima geral. É "vamos pegar tudo" que se deve gritar! Bom, concordo, não soa muito bem aos ouvidos, mas não vai ser difícil encontrar um músico genial que saiba fazer disso um hino cantável. Tudo que eles têm, roubaram de nós! Estamos todos de acordo. Temos então que pegar de volta. E não só o que perdemos, mas tudo mais. O toco de pau infeliz que o dono nos tenta arrancar nós podemos ceder. As presas de cão, assim liberadas, vão estar disponíveis para serem cravadas na carne do imbecil com cara de bobo que segura o pedaço de pau. Devemos cantar "não cedemos nada" quando já tivermos pegado tudo e eles tentarem recuperar uma parte disso. "Não cedemos nada" é um slogan que nos deixa completamente sem alternativa com relação ao que já cedemos. É um slogan validando o fato de que o perdido está perdido para sempre e devemos nos contentar com o que sobrou… Não!

Você há de concordar, é preciso levar a um tribunal revolucionário o inventor desse slogan, por crime de alta traição, e obrigá-lo a cantar *A dança dos patos*, no seu traje adequado, na frente da sede da Federação das Empresas Francesas. *Amém*.

Morte aos surfistas!

Um tubarão arrancou a perna dele! Uma peeeeerna! O surfista perdeu todo o sangue, se afogou e foi morrer nas areias de uma praia da ilha da Reunião ou coisa assim... Um drama, é claro. E os surfistas sobreviventes estrilaram revoltados: é um escândalo, uma vergonha, um grave ataque aos direitos humanos, não podermos mais fazer o que gostamos sem correr o risco de sermos devorados pelos dentes do mar! Queremos que as autoridades lancem uma *fatwa* contra o animal assassino! Queremos nos vingar dessa praga! Por que a prefeitura não colocou redes que impedissem os predadores de se aproximar do litoral? Do *nosso* litoral! Melhor ainda: por que não construir uma espécie de muro de Berlim submarino? Que diabos vem fazer esse demônio em nosso meio natural, porra? Sem prancha nem um bronzeado! O único ponto em comum é o dente de tubarão que a gente usa pendurado no pescoço. Só que esse monstro pré-histórico tem os dentes como um caipira: na boca! Nenhum estilo! Têm a língua solta, os surfistas, quando veem um microfone. É pena que os tubarões, só por acidente, matem pessoas. Eu bem que daria a esses come-surfistas uns arpões, mas os bobalhões não têm o polegar opositor. Umas porcarias de nadadeiras! Vai ser preciso esperar milhões de anos para que um tubarão possa saltar da água e liquidar com uma rajada de AK-47 o bonitão de *short* fluorescente que conta o drama recém-vivido a um jornalista do canal TF1. Ah, meu *beach-boy*, não lhe passaria pela cabeça, por exemplo, ir praticar *paintball* numa floresta infestada de tigres? Ah, nããão... E por que não? Não curto *paintball*... Foda-se, garoto, é o melhor que tem a fazer! O que é mais útil, surfistas ou tubarões? O surfista dá força ao comércio de pranchas e de porcarias açucaradas. Já o tubarão tira do mar todos os animais velhos, feridos e doentes. O surfista na sua prancha se acha um esportista de alto nível, só que o tubarão o confunde com uma tartaruga com alguma deficiência física. Não é só do rebotalho animal que o tubarão limpa os mares, é também dos imbecis. Viva o tubarão-buldogue, viva o tubarão-tigre, um viva para todas essas coisas de dentes pontudos que fazem picadinho de punheteiros arrogantes para, depois, cagá-los! O.k., o.k., mas o surfe é uma paixão! Antigamente, só as religiões justificavam todas as aberrações, agora é a paixão. A minha é dançar *hula-hula* em savanas cheias de rinocerontes. É onde se desenvolve o melhor *hula-hula*. Qual é, não é perigoso! Vai se opor? Se opor ao MEU barato? Escândalo! Tenho idade mental de menos de sete anos e, quando me contrariam, me jogo no chão e esperneio. Faça melhor do que isso, surfista, esperneie na água! Numa água bem turbulenta do oceano Índico, depois das cinco da tarde.

Você há de concordar, é preciso liberar a caça aos surfistas, pois as correntes que eles usam entopem os intestinos dos nossos amigos tubarões. *Amém.*

Morte aos donos de bistrôs aquafóbicos!

"E PARA BEBER, JÁ ESCOLHEU?", pergunta o engordurado dono do bistrô. Sim, escolha feita: "Água… Só uma garrafa de água, por favor", você responde. Os músculos hipócritas que, dolorosamente, tentavam manter um sorriso sob o nariz do indivíduo se soltam, as bochechas caem, o sorriso se apaga. Ele arranca o cardápio das suas mãos e desaparece na atmosfera gordurosa da cozinha. Você pode chamar dono de restaurante de tudo o que é nome e ele agradece: o cliente é rei, pois é quem paga. Exato, pode até queimar o garçom com o cigarro, violentar a dona da casa e vomitar no balde de champanhe, está incluído no cardápio. Mas pedir uma garrafa de água é uma humilhação gratuita. Isso mesmo, gratuita, no sentido do não remunerado. Na pior das hipóteses, você vai esperar a garrafa durante toda a refeição. "Claro, claro, vou trazer já, já", mentem os garçons aos quais você já pediu encarecidamente um pouco de água. Pelo menos para ajudar a descer o consistente purê que começa a sufocá-lo. Na melhor das hipóteses, você vai conseguir a tal garrafa. Uma garrafa contendo o bastante para encher dois copos. O chato é que vocês são seis à mesa. Tudo bem, vai ser preciso racionar. Pois até o garçom, irritado com a sua insistência, trazer outra, será mais fácil beber a água do vaso que enfeita a sua mesa, no qual nada uma flor em final de carreira. É o que fazem alguns desesperados. E por que não servir a água dentro de dedais? Cuidado! Não dê essa ideia grotesca na frente de um dono de restaurante, ela só é grotesca para você. O comerciante é bem capaz de segui-la, sem pagar direitos autorais... Para que servem garrafas tão pequenas, diabos?

Simplesmente para ensiná-lo!? Você não está apenas num restaurante, mas também num campo de reeducação. Um dia você haverá de compreender que está ali para consumir, e não para matar a sede com água filtrada. E, para que fique claro que se deve parar de beber isso, muitas vezes se encontra musgo na garrafa. Essa camada esverdeada no fundo é a vegetação que cresce em águas estagnadas. Isso quer dizer que a garrafa não é limpa com certa regularidade. Estou errado? Não, o dono do local faz questão de transformar suas garrafas em pântano. Você pede água e ela vem dos brejos do Poitou! E, com certeza, há menos algas nas praias da Bretanha do que no fundo das garrafas oferecidas nos bistrôs dos unhas de fome. Faça a experiência: sua garrafa não chega e, então, peça uma de vinho ou de San Pellegrino – ou outra marca de água mineral com gosto de Bordeaux de má qualidade… Ela virá rapidinho.

Você há de concordar, é preciso obrigar os donos de restaurante a beber a água da piscina que mandaram construir matando de sede os clientes e na qual eles deixam os seus bundões de molho por horas e horas. *Amém.*

Morte ao "bebê a bordo"!

No vidro traseiro do carro à frente está colado esse plástico amarelo, parecido com os que se veem nas estradas da Austrália e dos Estados Unidos. Não é um aviso de curvas sinuosas ou local de travessia de cangurus, e sim da presença de um bebê a bordo... Isso deve ter parecido engraçado para o primeiro idiota que teve a ideia de parodiar as placas de sinalização rodoviária, substituindo o objeto de perigo por um bebê. Ah, ah. O primeiro idiota a ter visto o adesivo na traseira do carro deve ter achado graça no momento de ultrapassar. Ah, ah. E depois a coisa se espalhou como uma epidemia. A impressão é de que as crianças vêm ao mundo já com a plaquinha em questão. Para cada recém-nascido, um "bebê a bordo" de brinde! "Foi preciso fazer cesariana, o cartaz 'bebê a bordo' não passava de jeito nenhum"... O que deve pensar o casal que cola "bebê a bordo" num Renault Kangoo? Vamos dar alegria aos milhões de malucos que tiveram a mesma ideia? Vamos avisar o barbeiro atrás de nós, antes que ele nos jogue para fora da estrada? Isso certamente vai comover os assassinos rodoviários! O psicótico alcoolizado vai se controlar, vendo que pode pôr em risco de vida um neném chorão, com certeza... Tudo que não for bebê pode rolar barranco abaixo, ninguém está nem aí, mas uma criaaaaaança é esperaaaaaança! Um bebê tão bonitinho! E afinal, se for assim tão bonitinho, cole a foto dele. Cada um então decidirá se joga ou não o seu Kangoo nas grades de proteção da estrada. É muito feio esse seu filhote, pra fora da estrada! Que pais são esses que usam os filhos como reféns para evitar problemas quando dirigem? Para acalmar o doido que vem colado no seu para-choque traseiro, um aviso "*serial killer* a bordo" seria mais eficaz que "bebê a bordo". O adesivo "bebê a bordo" indica apenas que a pobre criança dentro do carro tem pais tão pouco engraçados que compram suas gracinhas num vendedor de gracinhas industrializadas. Isso cheira a família sob antidepressivos indo almoçar tomates recheados na vovó. Compraram o "bebê a bordo" porque todo mundo faz isso e vão comer tomates recheados porque todo mundo faz isso. Entediam-se porque disseram ser assim a vida e eles acreditaram. Gostam de bebês e de tomates recheados porque é obrigatório.

Você há de concordar, é preciso que a Direção Departamental de Assuntos Sanitários e Sociais retire a guarda das crianças cujos pais colam "bebê a bordo" no carro. Os pobrezinhos arrancados desses genitores chatos serão adotados por casais alcoólatras que dirigem sem carteira. *Amém.*

Morte a Georges Brassens!

HÁ SEMPRE, NUMA NOITADA com amigos, um momento em que se fala de música. São quinze minutos de banco-o--crítico-da-revista-*Inrocks*, que em geral se situam entre as duas horas de choro dos estou-de-saco-cheio-do-trabalho e dos devia-ter-usado-camisinha-com-a-Jacqueline-agora--vou-ter-que-fazer-teste-de-paternidade. Pois aproveite a sequência musical para afirmar claramente que não suporta o cantor Georges Brassens. Sejam quais forem as pessoas, você verá o estupor em todos os rostos corados de vinho. Do fã do zouk ao doente pelo punk, todos se aliarão contra você. Há duas coisas realmente de alto risco que não devem ser feitas na França deste início de século XXI: fazer caricatura de Maomé e dizer que Brassens enche o saco. Brassens! O termo "brassensófobo" ainda não foi inventado porque jamais alguém confessará que o cantor que masca o próprio bigode e fica chupando o próprio cachimbo é um purgante poderoso. Brassens tem batatas quentes demais na boca e isso não o deixa realmente cantar. Quando as batatas estão realmente quentes demais, ele sobe um tom e pia. E tudo isso para contar o quê? Que os namorados que trocam beijinhos num banco de praça não estão nem aí para os olhares oblíquos dos transeuntes honestos? Mas quem aqui troca beijinhos? E num banco idiota de praça, além do mais! Ninguém! Os namorados se atracam nas caves, enquanto transeuntes honestos cochilam diante da tevê, nem aí para quem come quem. Brassens canta uma França que já morreu, uma França de camisa polo bege que se esfarrapa, uma França que cozinha tudo na manteiga, uma França com cheiro de tabaco velho, uma França que felizmente nunca ressuscitará. As canções de Brassens são como a foto *O beijo*, do Doisneau, pendurada em tudo o que é sala de jantar: deve-se gostar, é obrigatório. Ninguém de fato conhece a obra de nenhum dos dois, mas sabe que é preciso admirar, sob pena de excomunhão. Plum-plum-plum, continua Brassens no seu banquinho e violão, para a gente dormir. Cuidado, se essa máquina de lavar que não consegue engatar o programa de centrifugação te der vontade de se matar, é porque você é um inimigo da canção franceeeeesa. Talvez seja inclusive nazista. Isso porque Brassens era anarquista. Então, ótimo! Se todo mundo gosta de Brassens, todo mundo é anarquista! Só que... os mesmos que não gostam do rap por ser uma música de marginais adoram Brassens porque seu anarquismo em conserva não ameaça mais nada nem ninguém. Brassens desafia a ordem pública, põe às vezes um pé no banquinho para arranhar seu instrumento de tortura acústica, massacrando nossos ouvidos com o corajoso cavalinho branco na tempestade. Era corajoso sobretudo por aguentar os bramidos do bigodudo! O pobre do quadrúpede não conseguia levantar as patas dianteiras o bastante para tapar as orelhas com os cascos. E, aliás, se em 99% das vezes a mulher se entedia na cama, bem feito para ela! Se não ficasse ouvindo Brassens cantar enquanto é enrabada, talvez se ligasse mais no que está fazendo.

Você há de concordar, é preciso prender os brassensfãs num estádio e passar para eles o coral do Exército Vermelho por quinze dias, explicando que, se não gostarem, isso prova que não são de esquerda. *Amém.*

Morte ao filme *Testamento de um gângster*!

"Os imbecis assumem todas as ousadias, é inclusive assim que se pode reconhecê-los." No grande prêmio das frases mais citadas por idiotas, a famosa réplica no filme *Testamento de um gângster* chega em segundo lugar, logo depois daquilo que se tornou insuportável: "Pode-se rir de tudo, mas não com qualquer pessoa", de Desproges. O roteirista Jacques Audiard sofre do mesmo mal póstumo que o humorista Desproges. Escreveu bilhões de coisas espirituosas, mas 65 milhões de franceses só têm na boca uma única das suas frases e sempre dando ponto final a conversas de merda. A tal ponto que a réplica engraçada, dita por todos os titios sinistros que se inspiram no personagem Marcel, se tornou uma frase mais do que forçada. O bobalhão sem meios próprios para dar base a sua "capenguice" com uma citação de Hannah Arendt se safa com uma citação de Audiard. Ele levanta o dedo e, fazendo beicinho, tira da cartola pela noningentésima bilionésima vez que "os imbecis assumem todas as ousadias"... Os imbecis ousam, principalmente, citar Audiard ininterruptamente. A frase perdeu todo o sabor, a saliva dos cretinos é o mais eficaz detergente da língua francesa. O pobre coitado recita o seu salmo de Audiard como o padreco no púlpito. Não resta mais humor nenhum nessa réplica despretensiosa. O que era apenas uma vírgula numa comédia se torna a igreja Sacré-Cœur em peso. Quando alguém transforma uma tirada engraçada em arrogante merengue literário, a gente devia ter o direito de sair dando tiros. Mas, enquanto tal direito não tiver sido oficializado por lei, é melhor se controlar. Quando, em algum lugar, você ouvir alguém começar com um "como dizia Audiard", mal vai ter tempo de abandonar o local, antes de ter que aguentar mais uma vez "os imbecis assumem todas as ousadias". Exatamente, foi o que você ouviu, ele disse "como dizia Audiard"! Porque, além de tudo, o infeliz cita a fonte, pois podiam pensar ser dele esse pensamento revolucionário! E com quem se poderia confundir o chato do Audiard? Com um cinzeiro cheio, talvez, ou uma verruga na planta do pé... Não se preocupe, amiguinho, ninguém vai processá-lo por plágio. Como dizia o grande Espinoza a Descartes, num filme famoso: "Enche de merda essa sua boca, vai melhorar o seu hálito!".

Você há de concordar, é preciso forçar os que citam Audiard a se olhar no espelho toda vez que forem citar o autor, para que, afinal, entendam como se reconhece um imbecil. *Amém.*

Morte aos mamilos embaçados!

Quando as Femen, de peitos de fora, tomam de assalto o patriarcado, parte da imprensa transmite o acontecimento publicando fotos embaçadas. O arredondado continua perfeitamente visível, mas os mamilos parecem ter sido esfregados a lixa. O pedacinho mais rosado que o resto foi embaçado. Quando as peladonas burlescas pretendem ir um pouco mais além diante do público, mantêm grudadas na extremidade das enormes mamas um par de ridículos tapa-mamilos. É que a sociedade determinou que o seio feminino é uma bomba erótico-pornográfica, tendo as tetas como detonadores. Já o peito masculino não sofre nenhuma censura. O bico do peito nunca é disfarçado. No entanto, o que faz a diferença entre o peito do homem e o da mulher não é o bico. Ele é comum aos dois gêneros. Em contrapartida, é raro ver um homem com um volume mamário equivalente ao da mulher. Se o seio feminino tem um poder erótico particular, é pelo tamanho do brinquedo e não pelo botão de abrir. Este último é unissex. Se for para embaçar alguma coisa, por que os censores não embaçam o peito inteiro da mulher, ou o peito inteiro, à exceção do mamilo? Que pudicos jornalistas achem justificado mutilar seios à base de pixels hipertrofiados é perfeitamente imbecil, sem dúvida, mas a besteira, por mais punitiva que seja, deve ter certa coerência. Por exemplo, esses que febrilmente se preocupam em disfarçar os mamilos, deixando visível o principal, por que não utilizam o mesmo método com o sexo, propriamente? Por que não embaçar apenas o clitóris? Ou os grandes lábios? Ou o que os seus cérebros doentios acharem mais incômodo no sexo feminino? Para responder tais perguntas seria preciso capturar vivo um jornalista cuja missão seja censurar tetas. Mas qual maluco aceitará reconhecer que sua verdadeira profissão consiste em localizar e tornar invisíveis as cerejas do bolo? Vai preferir se jogar do último andar do arranha-céu do canal TF1 a confessar que deve sua licença de jornalista à obsessão que tem por aquela pontinha rosada. E, se por acaso aceitar tal ridículo, terá coragem de denunciar o chefe que ditou as regras éticas de referência em seu ganha-pão? Contatei o Conselho Superior do Audiovisual em busca de uma resposta. Nada. É mais fácil tirar uma confissão de um assassino corso do que uma explicação do CSA. E, no entanto, há um delegado do CSA para a vigilância da turgescência mamilar. Ninguém sabe o seu nome. O esqueleto do último aventureiro a tentar descobrir foi recentemente encontrado numa boca de ventilação do conselho.

Você há de concordar, na próxima passeata será preciso colar falsos mamilos nos colhões para ridicularizar os jornalistas censores que, ao mostrar os testículos na telinha, terão de embaçar as coisinhas rosadas coladas neles. *Amém.*

Morte ao champanhe obrigatório!

Tem comemoraçããããão! É? Como sabe? Tem champanhe! Não tem outra, todas as "grandes ocasiões" são regadas a champanhe. É inevitável essa urina amarga e gasosa que arranha o esôfago. Com alguma luta, pode-se escapar de todos os trotes, mas não desse que consiste em tomar champanhe. Nas profundezas da pior toca de ratos haverá sempre um chato com uma garrafa na mão. Tenho certeza de que no corredor da morte, nos EUA, bebe-se um champanhezinho de vez em quando! Peregrinos que foram a Meca tiveram a curiosidade de erguer o pano preto que cobre a Caaba: é uma reserva de champanhe! Voltaram bem decepcionados... Mesmo quem nunca bebe álcool teve que alguma vez molhar os lábios numa taça. Se você se negar a acompanhar o ritual, o dono da festa dirá que quem não aprecia o champanhe é porque nunca provou um dos bons. Daí, convencido de ter a oportunidade de degustar um néctar excepcional, você leva aos lábios a taça longa de plástico que te arranha o nariz. Argh! Uma boa porcaria! Mas você não diz nada, engole o negócio e até solta um arroto para mostrar que as bolhas cumpriram direitinho a sua função de bolhas. Ha, ha! Você deixa contente o bestalhão que esperava a sua reação. É bom, não é? É de um pequeno produtor que ninguém conhece e que faz um preço especial para mim... É um espanto que ninguém o conheça, devia ser procurado por envenenamento em diversos países, o patife! Deve ordenhar bodes mortos para preparar essa birita! O máximo é quando o enólogo de araque muge nos seus ouvidos: "Se quiser, posso encomendar para você, consigo bons preços...". É claaaaaro, há bons champanhes, não é esse o problema! Mas, mesmo que fossem todos bons, por que a obrigatoriedade de beber a cada festejo? A comemoração em que todo mundo se entedia não pode ser um fracasso, pois tem champanhe! O champanhe, que fique claro de uma vez por todas, não é uma poção mágica para fazer batismos, casamentos, despedidas e enterros darem certo. Os miseráveis e os malucos acham que podem compensar a sua total falta de sensibilidade festiva apelando para esse vinho com bolhinhas. Não dá certo! É claro que dá, verdadeira festa, a rolha pipocou! Deixou uma marca no teto, é uma prova! Foi no 31 de dezembro do ano passado, você se lembra! Lembro, como todos os anos há milhões de anos, a rolha pipocou e deixou uma marca no teto... A preciosa garrafa, inclusive, ejaculou espuma no carpete! Mas não deixa maaaaancha, é champaaaaanhe! A única ocasião em que vale a despesa de uma garrafa de champanhe é quando se trata de batizar um navio. Tudo bem, é uma babaquice. Mas, pelo menos, da garrafa que explode na proa ninguém será obrigado a beber. Bom, é verdade, é uma sacanagem com os peixes.

Você há de concordar, é preciso pôr de joelhos todos os que usam gravata-borboleta e servem champanhe para executá-los com um tiro de rolha na nuca. *Amém.*

Morte aos que estigmatizam o *binge drinking*!

Tudo bem, não se deve mais dizer *binge drinking,* e sim "bebedeira esporádica". Um anúncio nesse sentido saiu no *Diário Oficial.* O afrancesamento dos termos que designam essa prática originária da Inglaterra deve fazer parte da estratégia das autoridades sanitárias para limitar sua influência na França. A gente lembra que assim que o *walkman* passou a se chamar *baladeur* [passeador] as vendas caíram vertiginosamente. Bom, vamos combinar que a partir de agora o nome do Brad Pitt na França será Michel Galabru. Ah, vejo que as moças não se interessam tanto! Quem iria ver *Guerra mundial Z* com Galabru? Em todo caso, encher a cara num tempo mínimo é um fenômeno que se alastra na França como uma poça de vômito e isso não é bom. Nossa juventude está ameaçada. Mas contra o que se luta quando se persegue o *binge drinking*? Contra o alcoolismo? É claro que não, bando de cretinos! O que ninguém admite no país do vinho *akbar* [o maior de todos, em árabe] é que nossos meninos derrubem garrafas e garrafas de vodca vagabunda com aroma de caramelo. Todos preferem que se embriaguem aos golinhos com o "sangue da terra". Deve-se gargarejar por quinze minutos com um gole de vinho tinto antes de engolir, ou se estará cometendo um pecado. Deve-se estalar a língua, soltar uns "glu-glus" satisfeitos, uns aaaaaah e uns chuiiirp logo depois de cada erguida do cotovelo. É a tradição. Uma bebedeira na França não deve ser esporádica e rápida, seria falta de gosto. Pode-se acabar de cara quebrada na sarjeta, a menos que se façam as coisas com seriedade. O inglês tem pressa, o francês prolonga. Leva-se toda uma vida de esforços para construir uma bela cirrose às antigas. É um orgulho nacional. É claro, os críticos da bebedeira esporádica não procuram saber o que leva os nossos jovens a querer liquefazer seus neurônios o mais rapidamente possível. Seria um sinal de mal-estar profundo?, pergunta o jornalista que só bebe água (dá para acreditar?) ao sociólogo que só bebe leite (dá para acreditar?). Que um jovem beba em duas horas o que um adulto bebe numa noite inteira como sinal de mal-estar... É principalmente sinal de extraordinária maturidade. Por que passar horas e horas em volta de uma mesa, suportando a conversa de um bando de depressivos à espera dos efeitos do álcool? Os jovens não são mais idiotas que os mais velhos e, pelo menos, têm noção da própria estupidez. Não têm o que dizer nem se importam em saber os detalhes sórdidos da existência dos colegas de bebedeira. Para que fingir que se tem uma vida social? Quando crianças, passaram pelos intermináveis bate-papos aperitivos de seus pais, regados a amendoim e molho Justin Bridou. Não têm vontade alguma de voltar a isso. Aos finalmentes, rápido! Como um país de alcoólatras pode criticar sua juventude por não respeitar os códigos ancestrais do hábito de encher a cara?

Você há de concordar, é preciso vomitar nas orelhas dos críticos do *binge drinking* para que eles compreendam o que sentem os jovens tendo que ouvir suas lições de moral. *Amém.*

Morte ao dia de hoje!

A QUESTÃO NÃO É A DE SABER se a expressão "no dia de hoje" é correta ou não em bom francês. Que seja ou não, deve-se logo acabar com a propagação disso que está se tornando um perigoso vício de linguagem. "No dia de hoje" repetido doze vezes numa só conversa pode perfeitamente disparar irrefreáveis pulsões de assassinato. É claro, quem afirmar num tribunal ter selvagemente trucidado a avó por ela ter pronunciado uma vez a mais a expressão "no dia de hoje" deve se beneficiar das "circunstâncias atenuantes". Mas, afinal, passar por seis meses de prisão por ter matado uma velhota, em vez de cumprir uma pena incompreensível de trinta anos, não é satisfatório. Se for possível evitar o trauma de uma temporada na prisão, melhor. Expliquemos, primeiro com delicadeza, aos que dizem "no dia de hoje", *au jour d'aujourd'hui* em francês, que *aujourd'hui* já é em si um pleonasmo, pois o *hui* significa "este dia". E não será por exprimir pela terceira vez essa noção de "dia" logo no início da frase que o que vem depois conterá indiscutível sabedoria. Compreende-se que violentamente insistem no fato de que aquilo a que se referem diz respeito a este belo dia, não a outro. Mas por quê? "No dia de hoje, não tenho mais pontuação nenhuma na minha carteira de motorista." Você está querendo dizer que agora, de imediato, neste instante mesmo em que fala comigo, no presente momento, por assim dizer, na hora atual, agorinha, você não tem mais... mais o que mesmo? Esqueci.

Ao contrário do que pensa o empolado, que acha chique colocar o máximo possível de palavras na boca, "no dia de hoje" não reforça a importância do que é dito, e sim a sua vacuidade. O mesmo idiota zomba da fala grotesca de um gago e ele próprio, com o seu "no dia de hoje", vai estar, em francês, repetindo três vezes "dia". Àquele que martela no seu ouvido "no dia de hoje", pergunte o que ele pensa da situação do dia seguinte ao dia de hoje. "Se no dia seguinte ao dia de hoje você ainda tivesse pontos na sua carteira de motorista seria legal, não é?" Tudo bem, a gente não deve debochar dos outros. Ao mesmo tempo, porém, é pouco provável que alguém que diga "no dia de hoje" sem saber por quê se ofenda por você trazer à baila o dia seguinte ao dia de hoje. Ele é até capaz de levar isso a sério e tornar popular mais essa expressão idiota. Na época do Antigo Regime, os bobalhões faziam rapapés com o chapéu cheio de penacho para que os notassem; na época de François Hollande, fazem-se rapapés com "dia".

Você há de concordar, é preciso grampear a língua de quem se recusar a abrir mão do "no dia de hoje" num calendário, para que a pessoa regularmente verifique que estamos no dia de hoje. *Amém.*

Morte aos casais com filhos!

Os amigos vieram com os filhos. Dois. Um menino e uma menina. Três e cinco anos. Os avós alegaram não poder tomar conta deles nesse fim de semana porque iam visitar o Mont-Saint-Michel. Os avós, no entanto, nem saíram de casa. Puxaram as cortinas, desligaram o telefone, fumaram uns baseados e tentaram ter uma relação sexual. Na verdade, não aguentam mais os netos. Não só por causa das suas caras sujas desdentadas, pelos cabelos sem cor e pelo catarro que a metade do ano os faz ter um bigode de Hitler verde fluorescente. Não é nem por ser extenuante cuidar de dois chorões, é porque simplesmente isso enche a paciência deles. Os pais que se extasiam diante das proezas da sua prole nunca observam as da progênie dos outros... Crianças com idades parecidas produzem, todas, mais ou menos as mesmas coisas: desenhos sem graça, manchas, porcariada e crises histéricas. Os avós estão de saco cheio de fingirem surpresa e admiração quando o menorzinho consegue fazer cocô no penico sem espalhar sujeira no carpete. Basta dizer que, entre assistir a um documentário sobre baleias na televisão e vigiar o pirralho que põe para fora o que comeu ao meio-dia, os velhos preferem o documentário sobre baleias. Eles ainda têm muito que aprender com os cetáceos, mas com as crianças, nada. Além disso, é raro que uma baleia venha bagunçar a sua sala de estar... Resumindo, os pais trouxeram os filhos para esse fim de semana que deveria ser simpático. Em momento algum desses dois dias foi possível terminar uma conversa com o tal casal de amigos. Qualquer tentativa era interrompida em treze segundos por um pimpolho que: mostra uma folha de papel manchada (é um desenho), vomita, quer fazer pipi, canta, pula do segundo degrau da escada, quebra a cara no chão, bate no outro, quer fazer cocô, se engasga com a ração de cachorro, faz uma pergunta, exige uma resposta, chora, berra, pede alguma coisa para beber, derruba o copo de água porque era Coca-Cola que queria, derruba o copo de Coca-Cola porque seus dedinhos gordos de molusco são curtos para segurar o copo, tem uma crise de asma e... morre. Não, é brincadeira. Criança nenhuma morre quando vai com os pais à sua casa no fim de semana. Nunca! Ou então é preciso ter uma piscina... Não, as crianças de agora nascem com uma expectativa de vida que beira os cem anos. Seria bom demais para ser verdade. É preciso esperar que tenham carteira de motorista e se matem na rua, voltando da boate de madrugada, para que a expectativa de vida dessa geração desça um pouco. Por que não dão a habilitação às crianças desde cedo? Os pais, em vez de ignorar os sapos bufos que eles têm a seu encargo, o tempo todo param o que estão fazendo para dar a eles uma atenção desproporcional. Se um pirralho leva um tombo, os berros do animal são encobertos pelas exclamações da mãe e pelas reclamações do pai. Acrescenta-se poluição sonora à poluição sonora, imbecilidade à imbecilidade. Ao menos com esse tipo de amigo não podemos brigar sobre um assunto mais sério, pois não se consegue falar de coisa alguma. Nem da educação das crianças é possível tratar.

Você há de concordar, é preciso esterilizar à força os seus melhores amigos, mergulhando-os por seis meses até a cintura no banho-maria onde se esquentam as mamadeiras. *Amém.*

Morte aos devotos sem fé!

Ao exigir a nossa morte, aqueles que se acham amigos de Deus o ofendem. Ofendem a Deus. O seu próprio deus. Para começar, que deus todo-poderoso é esse que precisa de uma formiga humana que o defenda? Deus precisa que um fiel o espere na saída da escola, com medo de que um não crente lhe mostre a língua e roube o seu boné? Olá, Deus, tudo se passou direitinho hoje com a professora, ela foi boazinha com você? Pronto, pegue aqui a sua merenda e mostre quem implica com você no recreio que eu corto a garganta dele. Vai ver que Deus é um vermezão choramingas incapaz de enfrentar os próprios problemas. O mais estranho é que quase todas as religiões são boas em nos descrever o inferno. Não só o inferno existe, mas os textos sagrados o descrevem bem. Sabe-se a cor do papel de parede, o calor das chamas e o tamanho das correntes que rangem de uma forma sinistra. A pele dos condenados nem tem tempo de cicatrizar e já é arrancada de novo. Argh! Os melhores amigos de Deus frequentemente nos prometem o inferno. Para eles, sem sombra de dúvida, vamos chorar nossa mãe pela eternidade. Um dia. Um dia que forçosamente vai chegar, pois somos mortais. Por que, então, querer nos assassinar se estão certos da punição divina que se abaterá sobre nós num lapso de tempo relativamente curto? De fato, mesmo que o incréu viva noventa ou cem anos, isso não é nada em comparação com o tempo que ele vai arder nas brasas. A verdade é que o fiel que quer nos cortar em rodelas não acredita nos textos sagrados. Não acredita no inferno, não acredita na punição divina, não acredita na eternidade. Resumindo, não tem fé. Se realmente se sentisse seguro, o louco de Deus deixaria o tempo agir e, chegada a hora, nos apontaria o dedo, rindo da nossa cara. Vai estar na escada rolante que leva ao paraíso, e nós na escada rolante que desce ao inferno, e ri. Vamos estar ali com o rabo entre as pernas, talvez até suplicantes. Mas, sobretudo, com inveja (agora que sabemos que Deus existe) por todas as boas sobremesas e os bons rabos que Deus vai lhes garantir lá no alto. No entanto, não. O cretino habitado pela ideia de Deus não tem tanta certeza de que é a ideia de Deus que o habita. Não tem tanta certeza de que Deus, caso exista, seja tão poderoso assim. Na dúvida, quer então fazer ele mesmo o trabalho. Alguém que faz o trabalho de Deus é nada menos que alguém que se toma por Deus. Haveria blasfêmia pior que esta de se tomar por Deus? É um erro o fiel matar o infiel, não porque Deus é amor, mas por estar dando razão ao incréu: Deus não existe. Ao massacrar o infiel, é a ideia de um deus todo-poderoso que o devoto megalomaníaco massacra. E o que seria um deus que não é todo-poderoso? Um chefe de seção na FNAC? Vamos, chega de blasfêmias!

Você há de concordar, é preciso obrigar todos os loucos de Deus a se olharem no espelho até que se suicidem percebendo que Deus, de quem se diz que fez o homem à sua imagem, não pode ser tão feio assim. *Amém.*

Morte aos gorros do Papai Noel!

A GRIPE AVIÁRIA É MENOS contagiosa que o falso bom humor. É simples explicar: pesquisadores do mundo inteiro lutam firme para erradicar a gripe ou, em todo caso, limitar sua propagação, enquanto, inversamente, os povos procuram por todos os meios exibir e propagar o falso bom humor. Por quê? Porque é obrigatório. Pegar gripe aviária e transmiti-la ao vizinho nunca será obrigatório, mesmo no pior dos países totalitários, enquanto demonstrar falso bom humor é indispensável, se quisermos sobreviver em democracia. Uma das mais odiosas manifestações do falso bom humor está no uso do gorro vermelho do Papai Noel, que faz quem o usa parecer um duende deprimido. É um fenômeno que se espalhou maciçamente no comércio. Com a proximidade das festas, uma quantidade enorme de vendedores de roupas, eletrodomésticos, discos, unhas postiças, na verdade qualquer coisa, vestem o gorrinho ridículo "made in China". Alguns tomam a iniciativa de comprar um com o próprio dinheiro. Os mais comprometidos quebram seus cofrinhos para ter a versão com luzinhas pisca-pisca. Estes estão convencidos de que tal gesto de militante da felicidade os fará ser vistos com benevolência pelo patrão e que essa cumplicidade engraçadinha ajudará a abrir as carteiras dos clientes. Entre os voluntários do gorrinho, há um certo funcionário dos Correios. É o único a ter enfiado o tal negócio até os olhos. Resolveu que é o cara legal da agência. Seria proibido de usar o turbante sikh ou a echarpe muçulmana, mas esse sinal ostensivo de falso bom humor e de submissão ao deus do Comércio é autorizado. Em seguida, há também o motorista de ônibus que por pouco não atropelou uma moça de bicicleta, mas usa também o símbolo da alegria na cabeça grisalha. Perdeu alguma aposta imbecil? É retardado? Nunca se olha no retrovisor? E outros, a maioria, a quem o gerente distribuiu os gorros numa fria manhã de dezembro. Os duendes alegres se agitam em suas seções de cara amarrada. Já é humilhante vender porcarias a imbecis e se, além disso, for preciso pôr na cabeça aquela coisa ridícula... Nas calçadas há ainda muitos desses Papais Noéis com acne no lugar da barba, que aproveitam a pausa para fumar um cigarro. Acabrunhados, batem nervosamente os pés, aspirando o veneno tremelicante do tabaco. Depois do trabalho, no metrô, acontece às vezes cruzarmos com um executivo de terno tendo também na cabeça o divertido enfeite. Mas ele não sorri, mergulhado na leitura de um jornal do mundo financeiro. O pompom saltita no ritmo do sacolejo do vagão. A alma do sinistro indivíduo parece querer escapulir por ali. Pode-se imaginar que alguém ainda mais triste fez a brincadeira de enfiar nele o gorro vermelho sem que ele se desse conta. Mas não, ele deve saber muito bem que tem aquilo na cabeça... Faz parte das marcações que assinalam a iminência da festa, a festa da qual é impossível escapar. O gorro faz parte da vigilância de uma alegria padronizada. O mendigo na esquina, que estende a mão para o nada, não foi poupado pela epidemia. O vermelho do chapeuzinho mal sobressai no arroxeado de seu rosto. O pompom caído entre os olhos dá a ele uma expressão inédita. Entre o nascimento do menino Jesus e o Ano-Novo não há mais ricos e pobres, parece querer dizer o gorro de Natal. Há apenas irmãos em "Jesumercial", todos comungando do bom humor

Você há de concordar, é preciso distribuir martelos aos que usam gorros de Natal, informando que uma novíssima antiga tradição reza que se deve bater com toda a força no pompom do cara ao lado, para que ele tenha sorte no ano seguinte. *Amém.*

Morte à emoção das famílias de reféns!

As famílias de reféns que exprimem sua emoção diante das câmeras de tevê quando é anunciada a libertação dos seus parentes não têm culpa. Jornalistas de todos os canais insistiram pesado para conseguir algumas palavras. As famílias são educadas, gentis e, naquele momento de alegria, procuram agradar. Generosamente oferecem sua euforia, lágrimas e um tatibitate choroso ao apresentador do telejornal das vinte horas vestido como subchefe dos garçons num restaurante do 7º *arrondissement*. A mãe, a filha, a esposa, o sobrinho, o avô são convidados a expor sua emoção ao cretino cujo corte de cabelo e branqueamento dos dentes devem ter custado mais caro do que o resgate. Eles falam uma vez dessa emoção no canal *France 2*, depois no *TF1*, no *M6*, no *D8*, no *BFM*, no *i-Télé*, no *France 3 Régions* etc. Se o enviado especial não conseguir capturar um parente próximo de algum dos reféns, sai em busca de um amigo, um vizinho, um transeunte, um cachorro. À medida que falam, todas essas pessoas vão ficando cada vez mais sem graça, percebendo que não têm muito o que dizer. Nada que seja interessante, em todo caso. Estão como nós, do outro lado da transmissão: sem graça. Sem graça de responder a perguntas tão idiotas quanto: "Qual o seu estado de espírito neste momento?", "O que estava fazendo quando soube da libertação do seu pai?", "Imagino que esteja contente com o desfecho desse resgate de reféns que já durava três anos, três longos anos, não é?". Muitas vezes o jornalista imagina certo. Na primeira entrevista, a emoção do entrevistado é espontânea. Depois, quando pela décima segunda vez perguntam se está emocionado, o entrevistado, já cansado, mas ainda educado, vira ator. E é neste momento, quando sai do seu verdadeiro papel, que fica horrível. Pior que um ator da série *Plus belle la vie*. Se isso for possível. Desanda a emoção que o apresentador do jornal das oito pedia que mostrasse às câmeras. Fica com gosto de manteiga rançosa. O jornalista percebe, mas precisa manter aquilo no ar por mais três minutos.

É o tempo necessário para que as famílias dos reféns se apresentem com ele ao vivo. É algo que não terão os canais concorrentes. Faz muito tempo que aquele homem-tronco de permanente não é mais jornalista. É uma puta, encarregada de ordenhar toda emoção possível dos mais desgastados das famílias vitimadas. Pessoalmente, ele nunca passou por nada assim. Até quando os pais compraram para ele o diploma de jornalismo, o rapazinho de então se manteve frio.

Você há de concordar, é preciso pagar os terroristas da Al-Qaeda para que sequestrem e guardem como reféns para sempre todos os apresentadores de telejornais das vinte horas. *Amém.*

Morte às locutoras de futebol!

ANTES OS PROGRAMAS DE futebol eram apenas uma mesa com uns sujeitos em volta. Uns sujeitos meio roxos, entupidos de colesterol e que discutiam feio sobre um escanteio aos 38 minutos da partida Lyon x Bordeaux, se ele devia ou não ter sido apitado pelo árbitro. Hoje a discussão ainda é a mesma, mas a maioria dos programas acrescentou uma mulher ao quarteto de machões pançudos. A bela e as feras. Pois, é claro, a moça faz o tipo bonitinha. E, tendo em vista os sacos de batatas em volta, ela se torna realmente arrasadora. É o brinde que os canais de televisão oferecem aos torcedores que bebericam a cerveja do domingo no sofá: masturbação. Conversa de bar, sustentada por uma espécie de Barbie que ninguém nunca imaginou pudesse ir a um lugar cheio de torcedores com sua bolsinha Gucci: eis algo que excita os fãs da bola redonda. É a magia do contraste, provavelmente. Além disso, deve-se dizer que o que mais faz falta aos "telespectachutadores" são as mulheres. Quer dizer, pelo menos uma que aceite assistir com eles às sinopses das partidas da semana. Sozinhos, uma garrafa numa das mãos e um pedaço de pizza na outra, eles se entediavam, até ganharem esse brinquedo novo para se distrair. Acabaram trocando a pizza por uma salsicha que já estava mole havia muito tempo. E a sacodem mais quando a câmera insiste nos lábios úmidos da moça. É bom para o coração, pois os leva a fazer algum exercício. Como a fulana aceita esse papel de doce na vitrine? Era isso ou trabalhar na fábrica. Ou empregos dos quais seus pais se envergonhariam. No entanto... Qual emprego seria mais degradante do que se nivelar a um comentarista esportivo? A moça na telinha não está prostituindo apenas seu corpo, prostitui também sua inteligência. Puta nenhuma é obrigada a se rebaixar a ponto de falar de futebol! Nenhuma! Os estatutos da profissão são claros.

Você há de concordar, é preciso obrigar as locutoras de futebol a ler Simone de Beauvoir equilibrando uma bola na cabeça. *Amém.*

Morte ao DNA!

PRONTO, OS JORNALISTAS CAÍRAM NESSA. Logo que possível, ou seja, o tempo todo e sobre qualquer assunto, emprega-se o termo DNA para dar a seus textos lamentáveis um toquezinho pessoal. É claro, como todos fazem o mesmo, esse toque pessoal não passa de um certificado de conformismo, estupidez e falta de imaginação. De um cômico, o jornalista dirá "o humor está em seu DNA" ou, de maneira ainda mais indigesta, "o humor é o seu DNA". No século passado, para exprimir a mesma ideia, o imbecil teria dito que o tal cômico tinha "o humor no sangue". É tão idiota quanto. No entanto, não é por isso que a expressão está em vias de extinção. Apenas saiu da moda. Ou seja, hoje em dia o jornalistão pretensioso não dirá mais "a liberdade de imprensa está no meu sangue", e sim "a liberdade de imprensa é o meu DNA". O fato de ter a liberdade inscrita no DNA quer dizer que ele está ligado à liberdade por maus motivos. Ele não escolheu ser livre, nada decidiu, seus genes é que comandaram. DNA em todo lugar, livre-arbítrio em nenhum! Um esportista ganha uma corrida? "A vitória é o seu DNA." O musculoso de short foi programado antes de nascer para ganhar. Nem sua vontade, seu trabalho, seu esforço, nem mesmo seu *dopping* têm a ver com a vitória. "A paridade é mais ou menos o DNA desse governo." Não se percebe nenhuma vontade política por parte do primeiro-ministro em admitir igual número de mulheres e de homens nos cargos ministeriais. Ele não teve escolha, as coisas são assim, não tente entender, é a genética que determina tudo, cara. Há leis para reprimir propaganda racista. Desde o processo de Nuremberg, os nazistas são caçados, os grupelhos de extrema direita desmanchados, a palavra "raça" foi banida da Constituição... Mas, ao se esvaziar a banheira do fascismo, ficaram aquelas marcas de sujeira perto do ralo, e ninguém parece se importar. O novo vício de linguagem dos jornalistas é um remanescente do discurso nazista. Se há um gene para tudo, e a genética é um novo deus que decide no nosso lugar, façamos testes para conhecer o perfil da criança que vai nascer e reservemos para ela o lugar que lhe cabe graças a seus genes. Os chavões e as frases imbecis servem de pontuação aos preguiçosos que pretendem nos informar. Na verdade, servem apenas para renovar o estoque dos lugares-comuns legados pela vovó.

Você há de concordar, é preciso cozinhar os jornalistas no forno de micro-ondas para verificar a qual temperatura se derrete o gene das ideias feitas dos doutores mengele da desinformação. *Amém.*

Morte aos instrutores da camisinha!

Vamos parar com essas criancices ridículas. Que todos esses participantes de associações de boa vontade, todos esses bons moços da patifaria parem com seus discursos pedagógicos nhe-nhe-nhem sobre a camisinha! Que morram os que não usarem, que os que forem flagrados sem ela sejam executados, mas que as boas almas parem de explicar o quanto é superlegal enfiar a camisinha naquele momento em que geralmente se acha legal simplesmente enfiar. Que não exponham suas ideias geniais na tentativa de transformar a pausa para a borracha num jogo erótico. Trata-se de uma trepada, merda! Não estamos no Clube do Mickey! Não entenderam o quanto é contraproducente partir do princípio de que as pessoas são retardadas. Temos a impressão de que é com esses instrutores especializados que vamos fazer a coisa. Com eles, transar se torna um espetáculo de fim de ano. Que aqueles que não conseguem empacotar o membro sem brochar tomem aulas particulares ou comecem uma psicoterapia. Problema deles. Há apenas dois bons motivos para se colocar uma camisinha: evitar a procriação e evitar a aids (ou outra coisa). Para que tentar convencer as pessoas de que camisinha é um negócio divertido, podendo tornar mais picante a relação? Digam de uma vez por todas que a camisinha é obrigatória na trepada. Isso ainda tem mais glamour do que ouvir um casal imbecil explicar que a senhora a desenrola com a língua no pau do cavalheiro. Também na cama se infantilizam as pessoas. Chega! Faço o que bem entender com o meu pau! Dizer para a criança que não quer comer que a colherzinha chegando debaixo do seu nariz é um avião, isso está no limite do suportável, mas dar o mesmo golpe com um adulto e uma camisinha, aí já é demais. "Procure ficar de pau bem duro, mamãe vai colocar nele uma roupa espacial e você vai poder visitar o meu buraco negro..." Socorro!

Você há de concordar, é preciso obrigar essa gente que gosta de dar lições a transar e rir bem forte com um guizo na ponta do pau, pois é divertido e afugenta animais ferozes. *Amém.*

Morte aos sorrisos no metrô!

São infinitos os pretextos para a polêmica. E a humanidade se extinguirá antes de terem se esgotado todos os maus motivos para brigar. Um só assunto na Terra faz o mundo inteiro concordar: a atitude dos parisienses no metrô. Pergunte a qualquer estrangeiro o que ele guardou de sua estada em Paris e a resposta será "a cara triste dos parisienses no metrô". Ponha frente a frente um colono israelense e um militante do Hamas, eles se estriparão. A menos que se puxe o assunto dos parisienses no metrô. Eles vão concordar. Veja só, ninguém pensou nisso até agora, mas o parisiense pode ajudar no restabelecimento de uma paz sustentável na Palestina. Aliás, o parisiense em geral se esforça para que a pessoa à sua frente no vagão não lhe sorria. Nem vamos falar dos franceses do interior que "sobem a Paris" simplesmente para confirmar o focinho de buldogue do parisiense assim que ele se encontra num transporte público. No entanto, que diabos de cara vão querer que façam os parisienses no metrô? Em que país alguém toma ecstasy antes de se enfiar nos túneis de um metrô? Seria a companhia do metrô de Paris a única a não espalhar gás hilariante nos comboios? Que se distribua maconha nas plataformas, rápido! Haveria algum motivo para euforia diante da ideia de se encontrar a quinze metros de profundidade, cercado pelos fedores de seus congêneres? E isso, na maior parte do tempo, para ir a um emprego sub-remunerado ou para mendigar um cargo qualquer nas centrais de oferta de trabalho. Por acaso os londrinos se dobram de rir assim que põem os pés no *subway*? As sardinhas japonesas veem graça nos subsolos de Tóquio? E, sem procurar exagerar, seriam os moradores de Toulouse conhecidos pelos esquetes cômicos que apresentam no metrô da cidade? Quem sorri bestamente no metrô é maluco foragido do hospício. E há poucos deles em Paris. Como se queixar disso?

Você há de concordar, é preciso esticar no sentido longitudinal, até as orelhas, as bochechas de quem se espanta com o ambiente no metrô parisiense. *Amém.*

Morte aos ditados!

Por que, quando caímos na fraqueza de citar um ditado ou provérbio, ficamos com um gosto estranho na boca? Simplesmente porque a frase que mastigamos já foi mastigada e remastigada por milhões ou mesmo bilhões de imbecis. Um ditado nada mais é que um chiclete que as gerações passam de boca em boca desde a criação da linguagem. Quem o rumina pode estar certo de ter a mesma cara de babaca que o primeiro hominídeo que proferiu tal ditado. Ditado que limpou muitos tocos de dente imundos. Além disso, o ditado é uma frase estéril, uma frase transgênica. Uma frase que não gera pensamento algum. Um ditado é um slogan sem expectativa de resposta a não ser, de repente, uma joelhada nos colhões. Quando, em resposta a uma reflexão sua, o cretino em frente responde com um ditado, ele simplesmente demonstra não ter o que dizer, quer apenas dar um ponto final à conversa. Quem se utiliza de ditados não é somente idiota, é também indelicado. Donde a tal joelhada bem merecida. Prefiro que me digam "cala essa boca!" do que "Deus ajuda quem cedo madruga" para acabar alguma conversa provavelmente chata sobre o horário de trabalho. Não se discute um ditado, deve-se abater quem escova os dentes com ele! Há quem finja inventar novos ditados, mas está apenas acrescentando pompons a gorros velhos. O célebre ditado do início do terceiro milênio que pregava que se deve "trabalhar mais para ganhar mais" apenas requentou o famoso "o trabalho nos torna livres" da segunda metade do século XX, ditado este que já se inspirava no provérbio escocês do século XVII "trabalhar por nada dá preguiça". Os nazistas venciam os corpos com armas e os espíritos com ditados. Derramar concreto na cabeça das pessoas não é menos cruel do que enchê-las de provérbios. Por isso, negar-se a retransmitir um ditado, qualquer que seja, é ato de resistência.

Você há de concordar, é preciso aplicar o seguinte ditado aos propagadores de ditados: "Daqueles que se exprimem por ditados, o cidadão honesto deve furar a barriga". *Amém.*

Morte às agendas publicitárias!

Se o seu banco lhe der a honra de oferecer uma belíssima agenda de 872 páginas (sendo 820 de autopublicidade) com suas cores, não é porque o arrogante empoado que gerencia sua conta o estima particularmente. O gerente de banco que passa seu tempo tentando vender investimentos podres, bem no estilo do banco Natixis ou de outras arapucas terminadas em "is" (é a sonoridade que está na moda entre os picaretas), satisfaz a fantasia de todo lacaio: zombar abertamente do mais pobre que ele. O enorme objeto, coberto de plástico imitando a pele de um hipopótamo espinhento, parece ter custado a pele do rabo e, de fato, custou o que parece. Foi a pele do seu rabo que financiou a agenda presenteada. Das somas que o seu banco roubou de você neste ano, resolve dedicar uma ínfima parte à produção dessa agenda publicitária, que vai tomar a metade da superfície da sua mesinha de centro da sala. A agenda de dois quilos que você tem nas mãos representa todo o lucro que a sua agência bancária jamais lhe proporcionará. Quando um sem-teto pede esmola no metrô, nunca vem à cabeça de passageiro nenhum jogar uma moeda de um centavo no copinho que ele sacode indo de assento em assento. Mais vale passar por pão-duro que por filho da puta. Já o gerente de banco não tem vergonha de lhe jogar na cara, e com um sorriso, um punhado de moedinhas. E esses centavos, além do mais, são seus! Alguns centavos: é quanto custa a volumosa agenda. Pelo mesmo preço, vem junto uma caneta com logotipo. No dia em que o banco o chamar para renegociar para baixo as ridículas vantagens de que você gozava até então, anote nessa agenda presenteada o encontro marcado. É somente por falta de imaginação que até hoje nenhuma instituição bancária ofereceu de presente aos clientes uma corda de cânhamo. No nó de forca poderia figurar o logotipo do banco.

Você há de concordar, é preciso esmagar o gerente de banco perverso entre duas páginas do seu presente cretino, que se tornará então o primeiro herbário de carne da história. *Amém.*

Morte aos juízes de futebol!

Por muito tempo eles só se vestiram de preto. A cor escura disfarça os bundões. Infelizmente não torna os cuzões menos cuzões. E é o que são esses padrecos da pelota, esses magistrados do gramado! Assim como a batina do padre ou a beca do juiz se impõe ao povaréu, o calção de poliéster preto dessa espécie de chefe de escoteiros com caniços brancos demais provoca legitimamente nos torcedores uma vontade de linchamento com latas de cerveja. E ainda se espera desse bobão desajeitado que ele faça com que se respeitem as regras do jogo. Mas, para início de conversa, como respeitar uma figura dessa? Bom, que ele seja ridículo fisicamente é uma coisa. Ele tem, vagamente, consciência disso, pois cada vez mais troca o traje de luto por shorts e camisas chamativos. Não adianta muito. Agora parecem estar num comercial de sabão em pó. O que, porém, para sempre impossibilitará a humanidade de respeitar esses tristes bobalhões do apito é ver o quanto se levam a sério. Ser guarda de trânsito já não é uma ocupação das mais finas, mas compreende-se que o cara apite para o carro que avança um sinal vermelho. O guarda do estádio, no entanto, tem como profissão apitar para mostrar qual, entre aqueles 22 brutamontes, encostou na bola com a mão... Cara de sério, bunda para dentro, ele se põe na ponta dos pés a três centímetros do jogador que cometeu a falta para mostrar bem no seu nariz um cartão amarelo ou vermelho, dependendo do seu estado de espírito. Não está ali de brincadeira. Está realmente convencido de que um toque de mão na bola é grave. Tão grave quanto a bola passar pela linha branca. Os exemplos são infinitos. Como respeitar um cara que zela pela aplicação de leis tão sem sentido? O árbitro está ali para convencer trogloditas da seriedade do esporte. Não cola. Até o torcedor mais burro sabe que, no fundo, o futebol é só pretexto para encher a cara e sair na porrada.

Você há de concordar, é preciso fazer os árbitros pastarem a grama dos estádios. Se dissermos que faz parte das regras do jogo, eles aceitarão. *Amém*.

Morte ao medo islamita!

Eles nada são, mas dão medo. São poucos, mas estão em tudo que é lugar. O islã, na França, é ele: o barbudo desgrenhado, fantasiado de tubo de pasta de dente. São quantos os espantalhos desse tipo, fazendo olhar de maluco assim que veem uma câmera de televisão? Cem? Duzentos? Há na França mais câmeras de televisão do que muçulmanos extremistas. Inclusive mais canais de tevê do que tarados peludos soltando perdigotos na língua do Profeta para dizer que é preciso degolar judeus. Pois é o que gritavam, outro dia, na praça do Trocadéro. Eles dão medo e sabem disso. Nosso medo é a sua razão de ser. Nosso medo é a verdadeira religião deles. É o que os alimenta. Bebem nosso suor frio como vampiros bebem sangue de suas vítimas. Nosso medo é cúmplice desses imbecis. A velhota que leva o cachorrinho para fazer pipi tem medo de que o ogro islamita degole Kiki. Diga-se, é verdade, que Kiki tem o pelo frisado como um carneirinho. Não é o Parkinson que agita a vovó, é o medo. E a estrela do *show business* cultural muçulmano (isso, você mesma), que diz nos bastidores dos programas de televisão ter medo de que percebam seu ateísmo, é pior que um extremista religioso. Tem mil vezes mais audiência, tem mil vezes mais poder, mas se caga de medo. Medo de quê? De virar alvo desses Papais Noéis do Apocalipse? Se todos os amarelões desse tipo saíssem de debaixo de suas camas para afirmar seu ateísmo, ou pelo menos sua laicidade, se dariam conta de que a relação de forças está a seu favor. Enquanto os crentes rezam em vão ao Senhor há milênios para que Ele lhes dê um cérebro, basta aos ateus pronunciarem a máxima "sou ateu e que se foda" para que o islã da morte desapareça da superfície da Terra. Como mágica! Tentem! E agora se encontrou um novo palavrão para assustar: "salafista". A expressão "extremista religioso" já estava batida demais e não assustava o bastante. Mas "salafista" causa pânico! Soa mais ou menos como doença incurável ou prática sexual não confessável. Tem-se a impressão, hoje em dia na França, de que basta tirar uma pedra do lugar para se encontrar um ninho de salafistas. Alguns até se fantasiam de salafistas só pelo prazer de descobrir a própria existência no olhar apavorado do burguês francês. Não vão à mesquita, não rezam, não acreditam, bebem muito, mas se vestem com todos os aparatos que possam lhes garantir mais espaço nas calçadas. Pura verdade! Havia também os que se fantasiavam de punks no início dos anos 1980 para conseguir o mesmo efeito. Na intimidade de seus quartos, no entanto, ouviam Claude François cantar, como todo mundo… Peneirados os falsos crentes, restará apenas um punhado de malucos de verdade. Os malucos de verdade podem ser perigosos, mas do total de malucos de verdade devem-se subtrair os incapazes, os zero à esquerda em qualquer assunto, os gargantas, os infantiloides e os pernetas. Se os camundongos que sobrarem tomarem de assalto a gigantesca República e se esta fugir gritando "mamãe", teremos perdido. O Estado laico tem o traseiro grande o bastante para se sentar em cima desses vermes e esmagá-los.

É o medo que dá importância a esses lamentáveis fascistoides. E o ridículo, ao contrário do que se diz, acaba de vez com eles.

Você há de concordar, é preciso bater forte na cara de todos os que têm medo da sombra da barba de um salafista, para que acordem desse pesadelo. *Amém.*

Morte ao verbo "impactar"!

E A SUA MÃE? Foi também impactada pelos gregos, a sua mãe? É o que você berra ao gerente da sua conta poupança, quando ele tenta explicar que a perda de confiança dos mercados teve consequências terríveis sobre as taxas de juros dos empréstimos imobiliários. Só que não são essas as palavras exatas do verme de camisa social que faz carreira num banco por não ter ética suficiente para ser coveiro. (Quer saber o que têm em comum um coveiro e um bancário? O coveiro enterra os mortos, o bancário enterra os vivos.) Ele não disse que recusou seu pedido de empréstimo porque a perda de confiança dos mercados teve consequências terríveis sobre as taxas de juros dos empréstimos imobiliários... Ele disse: as taxas de juros dos empréstimos imobiliários foram impactadas pela perda de confiança dos mercados. Você entende muito bem o que isso significa. De um lado, você nunca vai conseguir o empréstimo para comprar nem uma toca na Normandia, em Gisors mais precisamente (mas isso não é o pior). Por outro lado, o pegajoso indivíduo emprega um neologismo inútil. Alguns perseguem o neologismo como o partido do Sarkozy persegue o imigrante. É um exagero. Quando se precisa descrever um objeto novo, um conceito inédito, não chega a ser grotesco recorrer a uma palavra fabricada para tal fim. Mas "impactar"... "Impactar" significa simplesmente que o seu interlocutor é tão desnecessário quanto a palavra que ele emprega. E, sendo "impactar" uma palavra ainda nova, a lombriga pretensiosa que enche a boca com isso tem a impressão de lhe dar um tapa no rosto toda vez que a utiliza. Para ele, isso marca a sua alta competência. E, consequentemente, sua nulidade em matéria de "impactação". E então, sua mãe foi impactada pelos gregos ou não? É verdade, responde o bancário, bruscamente surpreso com o seu interesse por economia. "É verdade, a mamãe, que tinha feito investimentos de risco, foi impactada pela crise grega." O que dizer? Seu ânimo foi duramente impactado pelo sangue-frio do idiota. O vírus se espalhou por todo lugar. Todos os meios estão agora contaminados, desculpem, *impactados*. O motorista de táxi considera que as obras em Paris impactam a sua maneira de dirigir, e a moça da meteorologia anuncia que o fim de semana pode ser impactado por uma frente fria chegando do Atlântico.

Você há de concordar, é preciso desviar um meteorito do seu percurso rumo ao nada para que caia sobre a cara suja dessas pessoas. Com isso elas vão se lembrar do sentido da palavra "impacto". *Amém.*

Morte à bola de sorvete de baunilha!

Muita atenção: não tenho ódio nenhum pela baunilha! E adoro sorvete. Mas não se deve exagerar! A mania de enfiar bolas de sorvete de baunilha em tudo que é sobremesa torna os finais das refeições realmente desagradáveis. O sorvete de baunilha é obrigatório na França. Nunca um *brownie* de chocolate, uma torta de maçã, um *crepe* é servido sem a porra da bola de baunilha! E nos *crumbles*! Até num *irish coffee* já encontrei uma! Por que baunilha, para começar? O lobby dos produtores de baunilha será tão forte a ponto de empestear todas as sobremesas? Ou acham a baunilha tão sem gosto assim? O que não tem gosto marcado pode ser imposto a todo mundo! E a baunilha, além do mais, é branca. Ou quase. Baunilha é o sorvete neutro que se imagina casar bem com tudo. No entanto, queira-se ou não, a baunilha tem gosto de baunilha, e comer diariamente sobremesas com o mesmo gosto cansa as papilas. Quando vejo fulano trazendo, todo orgulhoso, um bolo qualquer encimado por um bubão de baunilha, tenho vontade de arrasar todas as plantações da ilha da Reunião com um lança-chamas. Por que essa necessidade generalizada de maquiar a sobremesa com baunilha? Será tão ruim assim a sobremesa sozinha? Ou o suplemento baunilha dá certa classe? Tenho dinheiro! Tenho como comprar um freezer e como enchê-lo até em cima com potes de doze litros de sorvete de baunilha... É aflitivo. Parem com isso de sorvete de baunilha. Um dia vão colocar na salada, depois será na carne. Uma escalada. Estamos a caminho de um regime totalitário dirigido por uma bola de sorvete de baunilha. Quando trocaram os comunistas por bolas de baunilha, eu nada disse porque não era comunista, quando trocaram os judeus por bolas de baunilha, eu nada disse porque não era judeu. Quando me trocaram por uma bola de baunilha, não havia mais ninguém para protestar.

Você há de concordar, é preciso enuclear os que estragam as sobremesas com uma bola de sorvete e preencher suas órbitas com bolas sabor morango. *Amém.*

Morte aos falsos anarquistas!

Sejamos claros: anarquia é a doutrina política mais exigente. De fato, a anarquia pressupõe que cada um aceite uma coisa quase inconcebível: ser livre. Isto é, responsável. Por que o pensamento anarquista não triunfou sobre os demais sistemas políticos e nunca triunfará? Porque assumir sua liberdade é um peso além da conta para a maioria dos neuróticos que somos. Durante séculos nos fizeram acreditar ser preciso ter competências particulares para assumir a própria vida. Mostre os pampas a um democrata, ele vai ter vertigem e náuseas. Prefere estar preso numa gaiola e dar as chaves a um vizinho a se arriscar a dar dois passos sem suas bengalas institucionais. Não estou debochando, é o meu caso também. São raros e pouco numerosos os verdadeiros anarquistas. A maior parte dos que encontramos se limitam ao uso da panóplia. Vestem-se de preto, prendem um "A" dentro de um círculo no blusão e, em geral, fazem cara feia. Não fazem cara feia por estarem tristes pelo fato de nada terem entendido da anarquia. Fazem cara feia para mostrar que não apreciam o mundo tal como ele se apresenta. Acham que exibir sinais de contestação basta para ser um contestador. Os que não estão em tratamento por depressão, em geral, voltam a ser social-democratas depois de dois chopes. Há também os que são anarquistas por terem ouvido dizer que o bisavô foi um republicano espanhol. Deveriam, em princípio, ser contra o direito de herança, mas dão a entender que herdaram o engajamento político do antepassado. Dá boa impressão num jantar. Nunca encontrou um jornalista corrupto ou um médico cirurgião que não atende pelos planos de saúde e que fala, com lágrimas nos olhos, do seu vovô do Partido Operário de Unificação Marxista? E há ainda os megalomaníacos que pregam o anarquismo pelo exemplo. Seu próprio exemplo. Para eles, ser livre é fazer o que se quer e quando se quer, sem se preocupar com nada a não ser chamar a atenção. Dá vontade de cagar na mesa, e é o que eu faço (exceto ser for minha a mesa). Basta lembrar que a mesa é símbolo de autoridade. Aliás, tudo em nossa sociedade corrompida é símbolo de autoridade. Esses falsos anarquistas vêm de todos os meios sociais. Há inclusive ricos que querem destruir a sociedade, mas não a de limpeza, que recolhe as garrafas vazias no dia seguinte ao *réveillon*... Têm muita atitude, fazem muito barulho (é o que chamam "fazer um escarcéu"), dizem o contrário do que acaba de ser dito, e pouco importa o que acaba de ser dito. Ser anarquista é ser do contra. E eles então são do contra, contra as próprias convicções. Isso quando têm alguma. O principal é fazer um agito. Eles mentem para si mesmos tanto quanto mentem para os outros. Notem que são contra os chefes e a autoridade. O que não impede que liderem um bando de malucos cheios de admiração. Filhos de burgueses, tímidos demais para fazer manchas no carpete por conta própria, sempre aplaudem as proezas do macaco dominante. Falsos anarquistas são os piores inimigos da anarquia. Estão convencidos, como o apresentador do telejornal das vinte horas que emprega a palavra "anarquia" para descrever a desordem que reina em determinado país em guerra, de que anarquia significa deixar que fale o intestino que há em cada um. São contra a ordem, enquanto anarquia é, sobretudo, ordem. Ordem sem poder. "Não há um em cada centena e, no entanto, eles existem, os anarquistas." Exato. Mas se eliminarmos os farsantes que se acham anarquistas porque um dia tiveram um gato, porque fumam ao lado de um cartaz "é proibido fumar", porque desejam feliz Ano-Novo desenhando um círculo em volta do "a" de "ano", pode-se dizer, sem engano, que não sobra um em cem mil.

Você há de concordar, esses grosseirões nunca devem ser enviados ao gulag, pois acabariam como diretores do campo. Vamos nos contentar com uma reza a Santa Cirrose, padroeira dos falsos anarquistas, para que nos livre rapidamente deles. *Amém.*

Morte aos coletes "bem-vindo"!

HÁ ANOS EU NÃO IA A uma agência dos Correios. Como consegui? Exceto quando tenho de buscar algo volumoso demais para que o carteiro deixe na caixa de correspondência ou quando preciso comprar selos, não vejo por que ir aos Correios. Por isso, não fui mais. Pelo menos até a semana passada. Você poderia também me mandar uma carta registrada, ha, ha! Nunca fui retirar nenhuma. As chateações que tive por causa desse meu boicote sempre foram menores que as das horas passadas fazendo fila diante de um guichê sem-vergonha, na companhia de velhotas idiotas que tentam se aproveitar da osteoporose para passar na sua frente. Partindo do princípio de que uma idosa criada à base de casca de rutabaga na juventude já não mede mais que um metro e vinte quando está com boa saúde, e se, além disso, tem os ossos em estado de evaporação, você nem a vê passar pelo espaço entre as suas pernas. Meu advogado me avisou: "Sinto muito, mas você arrebentar a cabeça amarelada de uma aposentada barbuda e talhada como um bonsai só porque ela furou fila não configura legítima defesa, há uma pena de vinte anos irrecorrível". Bom, entendi, não vou mais aos Correios. Além disso, testemunhas dignas de confiança me disseram que as agências dos Correios foram completamente reformadas. Os funcionários, que sempre nos olhavam de cara feia por trás do vidro blindado, agora perambulam num espaço luminoso e sem divisórias. Quem quiser pode até tocar neles. A administração fez ameaças de morte: "Se não forem amáveis com a clientela, serão levados ao suicídio". E, de fato, muitos funcionários dos Correios se suicidaram nos últimos anos. Sobreviveram os menos autistas. O tempo de espera foi reduzido. Eles ficam zanzando de um lado para o outro agora que não estão mais trancados numa gaiola de vidro. Vai lá e você vai ver, têm as batatas da perna de um Oscar Pistorius... Acabei então indo até a agência em busca de um pacote que o funcionário nunca encontrou, apesar de ter procurado na bagunça das gavetas de um armário de metal.

Deixemos de lado os detalhes. Tudo que me contaram é verdade. Mas... mas, para humilhar bastante os funcionários, os obrigam a usar um colete de propaganda. Coletes horríveis, é claro. Coletes cinza, sem mangas, tendo escrito nas costas, em letras enormes: "Bem-vindo". E assim, quando você entra na agência, precisa esperar que o empregado lhe vire as costas para que seu colete deseje boas-vindas. É mais ou menos como dizer bom-dia às pessoas mostrando-lhes o rabo. Pela manhã, um colega se aproxima estendendo a mão... Você lhe dá as costas. Ele vê então que você pregou um *post-it* em que se lê "bom-dia". Veja só, e se os atores nos agradecessem de costas, no teatro? Que filhote de gênio teve essa ideia incrível de escrever "bem-vindo" nas costas do pessoal dos Correios? Por que, já que começou, não mandou imprimir "até breve" na parte da frente do colete? Não tinha espaço? Deve ser por isso. Onde foi que teve aulas de boas maneiras esse sacana de uma raça de bastardos?

Você há de concordar, é preciso oferecer ponchos aos empregados dos Correios, com uma frase impressa dos dois lados: "Meu patrão é um imbecil." *Amém.*

Este livro foi composto em Adobe Garamond Pro e Futura e impresso pela
Intergraf para a Editora Planeta do Brasil em novembro de 2015